浮光碎影伴流年

荆 毅◎著

安徽师范大学出版社

·芜湖·

责任编辑:陈　艳
插　　图:董源希
装帧设计:北京中尚图文化传播有限公司

图书在版编目(CIP)数据

浮光碎影伴流年 / 荆毅著. —芜湖:安徽师范大学出版社,2016.10
ISBN 978-7-5676-2667-6 (2017.9重印)

Ⅰ.①浮… Ⅱ.①荆… Ⅲ.①散文集-中国-当代 Ⅳ.①I267

中国版本图书馆CIP数据核字(2016)第230413号

浮光碎影伴流年

荆　　毅◎著

出版发行:安徽师范大学出版社
　　　　　芜湖市九华南路189号安徽师范大学花津校区　邮政编码:241002
网　　址:http://www.ahnupress.com
发 行 部:0553-3883578　5910327　5910310(传真)　E-mail:asdcbsfxb@126.com
印　　刷:虎彩印艺股份有限公司
版　　次:2016年10月第1版
印　　次:2017年9月第2次印刷
规　　格:787mm×960mm　1/16
印　　张:13.75
字　　数:185千字
书　　号:ISBN 978-7-5676-2667-6
定　　价:39.80元

序言

花开花落芳菲在　云卷云舒岁月行（序）

谈正衡

　　在写作认知和实践上，我将自己和荆毅划为同类型。我们都是欠缺结构能力的写手，唯有执着的情感和深厚的情谊可以尽情淘漉。我们所追求的，是在语境和经验上获得典型性，并成为自己的标识。

　　荆毅的文字成就摆在那儿：在全国200余家报刊发表作品100余万字，多次被《作家文摘》《读者》及一些选刊转载，出版散文集《庸常岁月》及20万字长篇小说《一路走来》分别获得安徽文学奖和芜湖文学艺术成果奖。他自谓："文字是一种与自然界一样的风景出没在我的视野里，只有文字才能表现出人生复杂的味道。能够驾驭文字是一种幸福和幸运。"

　　荆毅蕴锦绣于胸臆，早先笔致翩翩，轻灵而绰约。随着年岁渐长，秋风侵野，转以人生历练缓缓调和岁月的颜色，文内文外，展示生命的旷远与静美，也更趋平和、恬淡。其叙事，许多时候只是一种平朴简约的传递，只是选取与自己心灵相契合一两点，同眼前物事及心中感触相交融，再浸润延伸开去，便叫人很容易悟及生命中那些最温存最诚信的东西。

眼前，这部新集《浮光碎影伴流年》共分七辑。

尾辑《碎影》最能引人共鸣，下分14个小章节，皆是朝向人性升华的喁喁独语。流年似水，岁月无声；任花开花落，唯相念相惜。生活中光明和苦难艰辛，常常不知不觉销蚀我们的内心，浮光碎影对应着过往的点点滴滴，能让我们在所有的是非里，悟透爱恨交缠的意义所在吗？两年前，安徽省作家协会首届散文大奖赛获奖作品名单里，就有《浮光碎影伴流年》和我的《青青弋江水》。若是那个赛事真叫"南北散文对抗赛"，我俩就是并肩作战的。

中年的天空，清澄高远，带着初秋幽微凉意，有一种不可言宣的孤独和寂静。检点审视，回眸过往人生，所有的幸与不幸的滋味，所有的彷徨、渴望与挣扎，所有的最隐秘、最深埋的欲语还休……都可以在秋日午后的阳光下娓娓道来，不紧不慢，不虚不饰，平朴坦诚，总是能触到心灵最柔软的地方。若非一个内心怀满温情的人，很难有如此深切、细致的体悟，也不会如此珍惜地一一记取。这样以真情烛照灵魂的文字，可遇而不可求……读着读着，就有突如其来的一缕感动，因为，时光如流水一般过去了！

浮光清寂，碎影缥缈，许多东西可以远走；但心系此岸此世，没有深刻，唯有顿悟和释然。佛语曰：心若解脱，处处都是莲花。读着这样的文字，应有一杯香茗在手，随啜饮随回味。

第一辑《故乡》。回望来路，土地在呼吸，河流丰腴而清亮，空气中漾着湿润的花草的气息。在《让乡愁唤醒诗意》里，荆毅这样表述："儿时住在这条母亲河的中游，现在住在青弋江与长江交汇口，千年的中江古塔，差不多是她一路蜿蜒奔波的休止符。或许我会终其一生，都要与这条河流相伴生息，像《静静的顿河》中男女主人公与顿河那样不离不弃，从某种意义上，我是从未离开过故乡的人。"有意思的是，我的《青青弋江水》开篇也是类似表述："像一只傍河飞翔的水鸟，我的生命，一直傍依着这条水流。老家是南陵县弋江镇，在下游西河古镇教过10年书，后来又到芜湖县城湾沚工作数年……现在，则住在市区临江桥旁，青弋江就从桥下汇入长江。"

荆毅的故乡也是我的故乡，所以他写的太丰、马元街、老家村落，还有外滩地，连同乡村年节风情与世俗欢乐，都是我十分熟稔和亲近的。在我们那片圩区，不说"过端午"，而是"过端阳"，这就是地域标签。此刻，看到这一篇《端阳》，我却不可遏止地想起自己那个叫端阳的表妹，她算是荆毅的近邻，在独闯都市刚挣下一份家业和婚姻后，就让狰狞的病魔锁定，生命弥留之际，荆毅曾陪我带一束姜花去弋矶山医院看望她。纯白的姜花，对应着那句泰戈尔的诗："生如夏花之绚烂，死如秋叶之静美……"一如我们的人生，一如我们的归去。一切，如此自然，透彻而又伤情。

每一段生命，都有着美好而又让人伤感痛楚的过往。故乡给予我们不尽的怀念，怀念亲情，怀念童年，怀念苦涩，更怀念那些落地生根的季节……乃至在怀念中重拾一份理想和向上的感悟。

第二辑《休闲》，写下棋打牌，写斗笠碗、青花盘、人参榕，信手拈来，涉笔成趣，性情风度俱在。荆毅居住的三十多层顶楼大阳台上，布置了一处喝茶聊天观江场所，花草撩人，风物绝佳，也成神来之笔。别看荆毅一谦谦君子温润如玉，却极适合竞赛，人剔透玲珑，心理素质好，在单位棋艺一流，乒乓球技艺也十分了得，多次打进全市八强。

他也玩紫砂、木雕，玩石头。二十多年前，我们都还没进报社，一次在皖南绩溪开笔会，参观了上庄胡适故居、龙川牌坊，以及深宏的周氏宗祠内那些砖石梁垫屏风雕刻，着实感受到了古徽州的魅力。开始喜欢上老物后，我们又一同在泾县城里那个雨夜听人讲收藏的事。然后我俩去北京出差，抽空到故宫看国宝，在潘家园逛地摊。荆毅喜欢书法，喜欢在众多碑帖里行走。他说近十年来，丢下许多东西，写毛笔字一直在坚持。书房地上摞着厚厚字纸，墙上贴着他的"墨宝"，有一张《般若婆罗蜜多心经》颇为养眼，行楷，敛而不飘，有趋临逸品的况味。

对物事既能玩赏品味，又能深入本质，所谓无不达之隐无不尽之情，诉于笔端，就胜人一筹，呈现出这类性灵文本所深具的审美要义。

第三辑《心絮》，其《墙上的岁月》《水向东流月向西》两篇曾被人转发文学论坛，大获点赞，被引申为小中见大的写作范文。第四辑《芜湖》，写芜湖的水、芜湖老街、广济寺、街头小吃、芜湖美女……春花发，苔痕绿，沉淀的历史里，积满世故人情。第五辑《书事》，分别写了韦斯琴、舒婷、鲁彦周、叶兆言、王蒙，有不少见骨见肉的精华，特别提到诗文书法造诣极高的本土文化名人王业霖，其文集《中国文字狱》在粤地一出，即被誉为"文章千古未尽才"，让人慨叹良多！我亦曾写过一篇《悲风分暮急》，为他英年逝去，为他未得的文名而伤悼。《游痕》一辑，涉迹江苏泗洪湿地、古都西安和七彩云南，近处则有林葱天朗的小格里，落笔处也不失醇厚人文情怀。

一直觉得，一本书就像一朵花，开在那里。至于能从中发现多少娇美，获得多少憬悟体味，就要看你自己身处哪一层境界了。

春已消逝在往日的尽头。花谢了，明年还会再开。站在中年天空下，极目远方，有风贴面吹来，这还是原来的风吗？

一条时光的河流，泛着淡淡的忧伤，缓缓流淌……

目录

壹

故乡

让乡愁唤醒诗意

每个人都有故乡，离开的越久越远，越会多一份惦念。我的故乡不远，离我工作的城市不过百里之遥，但也只在清明冬至回去，来去匆匆。田地、树林、沟渠、河流、湖泊，一些自然散布的村落，一些经年踏出的小路，还有晨曦暮色里的炊烟，春风春雨中满世界摇曳多姿的油菜花，各种式样的小桥与水跳……是的，我生在李白别儿女的南陵，那个村庄叫锦坊埠。它紧依着青弋江。儿时住在这条母亲河的中游，现在住在青弋江与长江交汇口，千年的中江古塔，差不多是她一路蜿蜒奔波的休止符。或许我会终其一生，都要与这条河流相伴生息，像《静静的顿河》中男女主人公与顿河那样不离不弃，从某种意义上，我是从未离开过故乡的人。

马元街

马元街是我每天背着书包上学都要经过的地方。从村庄出来，要穿过广阔的田园，阡陌纵横，色彩缤纷，沿途能看见错落的房屋坐落在一片片无山无丘的土地上，河水清澈，鱼翔浅底，草木茂盛，鹅鸭成群。

春天，布谷鸟的鸣叫格外响亮，记忆中全是瓦蓝的天，絮白的云。布谷鸟叫的时候，我穿着母亲做的布衣衫，背着帆布书包上学，一路上用柳条枝打草惊蛇，看它们从水田掠过，嘻嘻哈哈，无忧无虑。

马元街是一条老街，石板铺的路面，宽不过两丈，两边青砖黑瓦马头墙的砖木建筑，各色的小店铺与作坊并存，还有包子铺，连环画满架的小书店，大众浴室、铁匠铺、榨油坊，等等。学校就在街道背面。没有围墙，开放的校园，四周多灌木，一些旗杆石、鼓凳之类的玩意儿散落在杂草丛中，老房子里很多木质的柱子，房梁上的檩条都呈现雕梁画栋的图案，依稀可见岁月的印痕。阳光也能从房顶明瓦直直地照进教室，斑驳的砖墙外壁长着稀疏的小草。

我们坐在里面听老师上课，一听到外面小贩的叫卖声，难免要分心，不时向窗外偷看，下课铃声一响，不顾一切地冲出去，递给小贩几分钱，换一根甘蔗、灌心糖之类的零食。没钱买东西时，就与同学抓紧时间在水泥桌上打乒乓球，偶尔也逞强斗鸡、摔跤，常常要等上课铃声响起才慌慌忙忙往教室跑，额上全是被汗水粘湿的头发，衬衣也湿了前胸后背。

16岁离开这里，几十年了。几年前，我又去马元学堂走了一遍，学校早已变了格局，要不是几棵参天古树定位置，我都失了方向。还是学校，学生少了，喧哗少了，教学楼不高但显得规则整齐，生在角落里的花花草草告诉我这里有人精心照料，仍有一群稚气的孩童奔跑追逐。灰色的旧舍不见了，就像布谷鸟的离去，我在那里驻足彷徨，没人认识，没人招呼，时光流走了，青春流走了，像校舍不远处青弋江流去的水一样，悄无声息。

出了校园，一径往我的村庄而去，走近村庄，就可以看到那些枝柯高举的树，树皮泛着青。地头的水塘变得小了，猫着腰劳作的乡亲，背影熟悉又陌生。总有狗儿悠闲地走，远处还有牛，让我看着便心生温柔。

外滩地

家乡人把青弋江滩涂唤作外滩地，去河里汲水、洗衣都要经过它，外滩地铺满巴根草，没有城里花钱买的进口草厚绿，但生命力却要顽强得多，任它烈日冰雪，真正是"野火烧不尽，春风吹又生"。除了这些草，还有大量牛蒡生长，宽阔的叶子，咬破茎秆会有股酸酸的汁液令人口舌生津。外滩地是我们孩子嬉戏的天堂。

夏天来临，只要有人率先脱下裤衩跳进河水，全村的伢儿们都会蜂拥而至，下水饺一样落进河里，直到鱼鹰船贴近时，才害怕地捂住裆，赤条条地上岸，除了嬉笑，全然没有羞耻之心。水流稍稍舒缓的时候，男人们撂下烟枪，顺手拿了圈养鸡婆鸡崽的竹篾罩子，下得水去，河里的鱼儿乱窜，罩子所到之处，鱼儿逃之不及，三五斤的青鱼、鲤拐就能摆上当晚的餐桌。

一年里，外滩地除了汛期偶尔被水淹没，大部分的时候沐浴阳光雨露，生机葱茏。阳春的时候，一场春雨刚过，不经意间，草地上已经一片肥绿，车轱辘、巴茅草、地米菜、蒿子，还有很多白的黄的不知名的花儿，随意的点缀，都让人觉得无限的惬意。采摘几朵，和着新鲜的草叶挽成一小束，扎在小姑娘的马尾辫里，女孩子常被我们男生嘲笑是某娃子的新娘。

草地很大，又在水边，四周除了河堤，别无大树，视野非常开阔，很多时候，我们在草地上疯跑、躲藏，就像一群被放养的牛犊。饿了，随手采些野果野菜茎就可以充饥。累了，仰面躺在地里，看蓝天上白云有的像马，有的像狗，争论着，比划着，耀眼的光亮一晃一晃，眼睛里全都是日头的影子。 夏天偶尔还去滩头瓜地偷摘别人的香瓜，被人发现追来，就跳进河里，游到对岸，定心定意吃完偷着的瓜，再从上游仰面躺在河面漂过来，得意而不羞愧。

前些年春天回老家，我曾去外滩地，让我吃惊的是草地滩涂不见了，变成陆岸，还多了许多砂石，而对岸却变成平滩，真是三十年河东到河西呀。感慨间只有河水依然在静静流淌，外滩地成了一个永远逝去的少年梦，它比城市里任何一座公园带给我的欢乐都要多。镜湖、赭山公园属于女儿的童年，而锦坊埠村边的外滩地是属于我的童年乐园，遥远又怀念。

故土是根

　　乡村是我的出生地，都市现在成了我的舞台，我的情感世界中永远有乡村高粱和稻麦的影子轻拂，都市的烟柳与玫瑰也常常敲打我的世界。于忙碌中抽空回一趟出生地，是一件可心的事。无论主观如何，客观上每个人都离故乡越来越远。每每看到那些苍老的和母亲一样给过自己爱意的村里老人，像一片片黄叶一样挂在最后的生命枝柯上，总让潮湿的心复又脆弱。

　　记得家门前菜园边有几棵花树，每当夏天欲尽秋蝉鸣枝时就会有粉的紫的花朵缀满枝头。记得有位住惯县城的同学见了说："嗬，这是丁香吧？""不，是紫薇。丁香开在春天！"我的小妹口齿伶俐地回答客人。在乡下，许多不经意的事物与朴素的居家人浑然一体。当日落星升，白日不觉的虫鸣就潮落石出，偶尔的犬吠是几个跳荡的强音。

　　后来我离开乡村，去远离竹篱、水井的都市读书、谋生，突如其来的繁华让我好惊奇，这里是另一番世界。街面的滚滚红尘和邻居防盗门里深掩心迹的眼神让我的灵魂感受到一种巨大的饥渴。更让我难堪的是，都市人自我感觉太良好了，哪怕他一家三代挤在半间公房里流汗流泪，受着都市的压迫，可他们提到乡村，却一脸的不屑，把在那儿生活的饮食男女响亮地唤做"乡巴佬！"我耳濡目染，继而竟胆怯与虚荣了。在偶尔加入的歌舞饮宴上，面对西装革履的都市人，我失去了从前的坦然。我开始避谈我的乡村和乡村里的父母兄弟，举手投足之间拼命擦洗腿上的泥迹。

　　这时有件事改变了我，它是我心路历程的一个转折。一日路过某校园女生宿舍，见路旁一位十分姣美的女生与一位苍老独眼的鞋匠很亲昵。她坐在老人对面，边说话边将自己碗里的肉片夹到老人的碗里，而老人极力避让，连说："你吃你吃，闺女。"又一日，见女生替老人缝扣子，缝好后帮他穿上，而老人则像个大孩子，那情景让我极为感动。后来，我经常在傍晚时分看到女生挑着鞋担送老人出校园，佝偻的老人比修长的女儿整整矮了半个头。可夕阳里，他们父女所透出的爱与和谐使我终生难忘。

我忽然觉得一种什么东西又在我心田里复苏，那就是做人的朴素、坦然。应该感谢那个女孩，她是我成长途中的一盏灯，照见我与故乡的里程。

辗转都市数年，太多的喧闹、浊气使乡村成了亲切的诱惑。我爱乡村，不是因读了诸如"采菊东篱下，悠然见南山"之类的诗句，也不是怨城里的噪声、雾霾或冷漠，是因为我属于乡村，它是我终身的根。那里的一草一木，一事一人，在回忆与体味时都会成为一种修行。

不是每个人都有宗教，但基本上心中都有自然，如果在红尘中不堪疲惫时，很想到自然中寻求安慰，那么就去一趟故乡吧，让一缕乡愁唤醒你人生的诗意。

四月桐花惊艳开

　　如果不是上周末作协采风，如果不是车行湾西路，如果不是湾西路左边漫山遍野绵延数公里的桐花让我怦然心动，我几乎要忘记桐花了。我以前只觉得桐花有浅浅的寂寞，开在童年的院落，有一些蜂蝶过来，钻进喇叭一样的花朵。春风拂过，空气里荡漾着它们香甜的气息。我万没想到，桐花也能像油菜花一样，开得如此连绵壮观，成为芳菲四月抢眼的风景。

　　万物盈虚有道，三春花景至四月最盛，又从四月转衰，所以有"人间四月芳菲尽"的诗句。自然时序的碰撞，最是引人怀想。而桐花灿烂地开，决然地落，也给我很深的印象。常常是在某个艳阳天抬头乍见一树繁花，而一夜惊风，便吹落桐花满地，在湿湿的庭院里，零落的桐花，便被敏感的诗人一一拾起，放进诗集，一页页流传。直到李清照那里，我终于受不了它的寂寞甚至凄苦，扭头走开，一直走到中年，也不曾回望过桐花的姿影。没想到，这个四月，这个周末，一山的桐花彻底颠覆了寂寞梧桐的形象，让我明白花事与人事一样的起伏多面。

　　看到桐花，还有与桐花一起枝繁叶茂的寻常树木，这便让我忆起儿时景象。像这样的四月，如果是在儿时的故乡，一起玩的小伙伴会摘取桐花的花瓣，贪婪地舔着香甜的桐花尾部，在那个年代，这种滋味是一种别样的获得。小伙伴们还会对蜜蜂来点恶作剧，摘下桐花，诱蜜蜂去花心采蜜，然后再把花冠一捏，蜜蜂就困在了花囊里嗡嗡乱撞，这时我们手一松，蜜蜂便如箭一般飞窜出来，引来我们哈哈大笑，不过有时也会遭蜜蜂报复，被蜂针刺得哇哇乱叫，但又一年春天桐花灿烂时，我们依旧故伎重演。冒险是我们乡村孩子的天性。

现在想来，这些事已经离我很远了。四月的桐花还有花期相近的槐花，都已经多年未亲近了，偶尔去郊外路边放蜂人那儿买蜂蜜，听养蜂人说"这是桐花蜜，这是槐花蜜"才恍然记起那些盛开在童年里的花儿。忽然就有一点点感动，一点点温暖涌上来。耳边仿佛响起朴树的歌声："那片笑声让我想起我的那些花儿／在我生命每个角落静静为我开着／我曾以为我会永远守在她身旁／今天我们已经离去在人海茫茫……"

人事与花事，都是时间的过客。"她们都老了吧／她们还在开吗"，还是朴树的歌声，在四月里，在桐花的零落中风一样轻轻地、轻轻地游荡……

我的太丰

　　日暮时分到了太丰，乡村公路被大货车轧得坑坑洼洼，我的车无法开进去，换车颠来拐去行进。公路两旁大片的棉花地让我亲切而感动。这片当年多少哥哥姐姐们钻进去谈恋爱的棉花地呵，长得还像当年一样茂盛。朋友父亲的灵堂搭在村上的公堂屋里，我去磕了三个头后，站起来木然四顾，这是20世纪六七十年代的老屋。屋顶鱼鳞小瓦，积满灰尘，落地木柱与屏风上，都是时间的痕迹。在公堂屋的对面，是一个别墅毗连的新村，别墅门前是庄稼，门后也是庄稼。

　　村口水塘边，成熟的柿子美丽地垂挂着，让我想起池莉的女儿在英国校园里拍摄的照片：很多苹果掉落在绿绿的草坪上，没有人收拾。这里中国乡村鲜艳的柿子，一样可以让人体会到生态之美。那些成熟的柿子，橙红而光亮，树上的、地上的都很入画。夜晚静谧极了，无边无际的黑，让那些水塘在星光下闪现一片一片暗淡的寒光，带着儿时记忆里的恐怖。偶尔有一只猫悄无声息地出现在你的脚旁，幽灵一样轻。

　　晚餐后上了那条儿时去外婆家常常经过的青弋江支河埂，踮起脚看到下面幽暗的河水流淌着，把不慎落水的星星悉数揽在怀里。两岸的芜草长得快遮住我的视线，曾几何时，这些芜草不等长高就被乡亲们割去晒干作了柴火，现在家家烧气了，任由着两岸的芜草疯长，长得河堤都改变了模样。夜晚走在河边，人自然而然生出一种胆怯，而故乡的河总这般深水静流着，河流的长度、深度、气度，河流的物质性对时间的超越，让人感叹自身的生命在自然层面上的脆弱与短暂，会有一天时间与岸边的尘土联手，毁灭我们的记忆。我的眼睛无由地蒙上一层夜露。

　　回到朋友家的老屋，没有电视，堂屋里很多妇女在摘棉花，以前我记得是在地里摘的，现在她们把棉花桃子剪回家再摘，大约是不稀罕损失柴火了。儿时在灶膛烧棉花秸做饭，耐烧的棉花桃子是噼啪作响的。一时有寂寞袭来，发短信问家人，下午四点半航天员谁出舱进行太空行走？成功了没有？回信说是翟志刚，很顺利！几年前我曾有幸与杨利伟、翟志刚等在航天城一起吃过午饭，由翟志刚第一个做太空漫步人，我替他自豪，更为中国一天天强大而高兴。

一大早，朋友领我去镇上吃风味独特的羊肉面。那羊肉做出来的口味极像白斩鸡，好像是先整羊卤熟，吃时割一大块切碎，葱酱醋再加水辣椒拌吃，真香，还没有膻味，价格也便宜，来这里吃的都是小镇周边的人，特别是家境殷实的老人，坐下来吃得相当悠闲，对他们而言，这一家羊肉面馆，无疑是对幸福晚年的承诺。要是在我生活的城市也有这么一家羊肉面馆，多好。

　　二十几年没回太丰了，一切都变了，一切又都没有变。

端阳

在一年的节日里，最爱是端阳。只一听"端阳"两个字就觉得温暖。如果节日是有颜色的，那春节是大红的，中秋是清灰的。一个太闹，一个又有些冷。只有端阳是温和的柠檬黄，最贴合家常的心境。适度的喜气，不张扬的温婉。

郑板桥写过的《忆江南》可说是农耕时代里端阳节的经典情境了：

端阳节，妇子乱忙忙

寸草菖蒲和滚水

一杯烧酒拌雄黄

额上字涂王

端阳节，正为嘴头忙

香粽剥开三面绿

浓茶斟得一杯黄

两碟白洋糖

到了我们的童年，已不是两碟白洋糖，而是用竹筷戳着白粽子，使着劲儿去沾瓷盆里的红砂糖、白砂糖，瓷盆一会儿就空了，母亲再满上。这一天要吃掉几个月的供应糖，真是童年里难得的奢侈。现在什么糖都有了，也不用凭票供应了，可是什么糖都比不上儿时糯米粽子沾着的砂糖滋味了。比起感受爱的能力，人类感受物质幸福的能力显得更为有限。

端阳节的午餐桌上，除了韧香的粽子，细嫩的鳝丝炒蒜苗，还有着血红汁儿的苋菜。妈妈总要撺满满一筷放到我们碗里，一边说："吃，孩子们，端阳吃苋，无灾无难。"尽管肚子早已撑着，我们还是听话地吃下去。"无灾无难"，这是多么好地活着！

端阳节的另一个快乐，就是去青弋江看龙船赛。选一段宽阔的河面，百舟竞发，鼓声喧天，呐喊潮涌。哪一条船不牵引着岸上妇孺的心。小媳妇打着纸伞拖着长辫，孩童们点着额黄在人群中乱钻。水里岸上，都是满满的欢声笑语。这是端阳营造出来的百姓的太平光景。

端阳来时，春寒早去，酷暑未置，是江南宜人的五月。这样的季节，是蕴藏着希望的季节，如一切都还来得及的人生华年。不像秋天来临时，一切已成定局。记得中学时代一个物理老师，常用这样的话来警策讲台下的我们：五月里过端阳，黄鳝泥鳅一样长；八月里过中秋，黄鳝是黄鳝，泥鳅是泥鳅。那意思是我们好比黄鳝泥鳅混在一塘，日后会见分晓。努力成才的越长越长，变成"黄鳝"；不求上进的淘汰下来就只能做长不大的"泥鳅"了。这是老师对我们的鞭策。其实我们更多的人是愿意停留在端阳的祥和里，那时我们的人生出发不久，我们彼此一伸手，谁都能够得着谁，多好！后来还真应了老师的话，几十年后，有的同学出了国，成名成家发了财，有的夫妻双双下了岗，四处打工挣扎在贫困线上。端阳是一年里多好的光景，就像我们人生里的青春。

在乡村，你能听到许多名叫"端阳"的小姑娘，扎着两根羊角辫，穿着碎花小袄，在田野上快乐地奔跑。她们采着满把的野花，眯着眼看山坡上太阳的升起，用手指轻弹着草叶上的露珠……爱默生在《论自然》里写道：实际上，很少有成年人能够真正看到自然……太阳只会照亮成年人的眼睛，但却会通过眼睛照进孩子的心灵。乡村里的"端阳"们，个个都是自然之子，一辈子都会童心不泯。记得村口有棵千年古樟，落枝曾几次砸坏院墙，但孩子们在树下玩耍却从未被落枝打伤过。一个叫端阳的女孩说：树爷爷长着神眼哩，他知道我们在树下玩就不会往我们头上掉枝儿。叫端阳的女孩就是这样天真得让你惊喜。

离开乡村，就离开了端阳的家园。端阳常常在众多的日子里一溜而过。那些防盗门上再也见不到端阳的菖蒲和艾叶，那些扁扁方方淡而无味的粽子天天都在超市里出售。现在的少男少女宁可期待情人节的玫瑰，也不会稀罕端阳那天母亲裹出来的糯米粽子了。端阳，端阳是什么？许多的茫然写在他们的脸上。只有像我这样的中年人还怀着一些纠缠的情怀。如今，即使是乡村里，端阳节也正渐渐从人们生活里淡出。一个民族不可能对一个节日永远地投入深广的热情，一个节日和一个人一样，也是有生命的，它们也会在某一天老去。

喜欢端阳其实是怀念自己回不来的岁月和怜惜如今辗转不定的灵魂。

夏天絮语

夏天不是让人最舒服的季节，可那些植物疯长的样子，那些虫蛇奔突的张狂，还有变幻莫测的风雨雷电，都会给生活在夏天里的人留下深刻印象。长大后，与夏天有关的记忆总排在季节的前边。因为夏天朝气蓬勃，在这个季节，贴近自然的行动更多。

童年的夏天是泡在河汊水塘里的，鱼虾之类是我们施展身手的牺牲品。而大人们总是与水田和庄稼纠缠在一起，有一种叫水蛭的血吸虫总是在这样的季节吮吸父亲与兄长裸露的小腿，他们站在水田里劳动，无暇顾及水蛭的偷袭。酷暑季节，许多个黄昏，父兄们牵牛途经一片坡地，一种不知名的花儿正在默默结束花期，它不为哪个开，也不为哪个凋谢。父亲兄弟们多少回经过它们，漠然着它们与自己无关的花开花落。饥渴困顿，抬头看河西落日时，也常有忧郁出现他们的眼里，与一棵草、一只鸟的忧郁一样，没有名字。

后来离开乡村，长成少年、青年，渐渐开始在阳光和雨水丰沛的夏天，在满天星光的夜晚，躲进文字里，内心有着单纯的悸动和充满隐秘的期待，是热烈地做着那种说不出口的作家梦。但人生终究短暂，理想也一样，如今不太容易躲得进文字里了。这个夏天我常捧着壶茶，坐书房发呆，觉得看和写都乏味，有些对付不了时间时，就写写毛笔字，而且只是临帖，笔在宣纸上的声音，如寺院香烟，让我安静。这样的夏天，常常有很多行动被扼杀在炎热里，白天，头上的烈日让你急迫惶然，四处张望有没有树或建筑物遮挡出的荫凉。不爱看书的原因除了天热心躁，眼神也不如从前，容易疲劳。倒是爱去乡下看看。烈日炎炎的夏天开车去老家，马路前方总觉得有水光晃着，又近它不得。也许海市蜃楼就是这么出现的吧。进了村庄，老家的园子里还有大豆、豇豆、辣椒、丝条，柿子树、栀子树、桂花树……看着看着，就让人心里欢喜。旁边水稻灌了浆，水稻边改种了大片烟草，那些阔大的叶子，郁郁葱葱，因为小时候见不到这样的植物，我有些惊奇，在园子里流连，注意每一只昆虫，还有水沟里的水蛇，蜿蜒来去的样子那么熟悉，回到童年一般欣喜。在园子东边，我还看到四个西瓜结在藤蔓上，两个南瓜躺在叶丛里，低头时却看到一只黄鼠狼嘴里含着一条虫子，惊奇地看着我，然后转身跑走。

乡村夏天，荷塘处处可见。晴日里的荷花真的有一种妩媚透骨的美。在阳光的照耀下，荷花的每一条脉络你都可以看清，每一片花瓣你都可以看到柔情，可摄影的朋友总喜欢拍只蜻蜓什么的。不过雨天的荷花更羞涩、温柔。一场夏雨降临，满池的荷花仿佛变成了待嫁的村姑，娇美玉洁，雨水在莲叶上面堆积的时候，有珍珠的圆润与清透。荷花低垂，一阵清风过后，满是嫣然笑痕。

喜欢荷花，还有园里瓜果之类的东西，它们不强大却美好。在现实生活中，我们常常会发现一些强大的物事却不是可爱的，比如一些很强大的人，他们不能给我们的心带来温暖而只是震慑力。

芜湖的夏天也是非常美好的。每天傍晚，我住的临江桥边一些渔家人，就在船头摆上小方桌，看不清是什么菜，但男主人举杯小酌的陶然之态让人看得心生羡慕。孩子与狗也蜷伏在船头，漂亮健硕的女主人用拖把往花盆里淋水，船篷上还有一面飘扬的国旗，好祥和、好温暖的水居情景。

过了桥，总有一些小小的渔船在青弋江与长江交汇的宝塔根下停靠，向散步的人兜售刚用网捕上来的鱼，江鲴最多，一条条肥硕得很，那鱼买回家红烧，或是抹上盐晒干蒸了放点水辣椒，都是极好的美味。

这个夏天，我还去灵璧买了些石头，我也不知道，为什么就喜欢石头，大约是因为它们安静古老吧。有空的时候，我常常摸摸石头们，有的像刚跃起水面的鱼，有的像一座山。我书桌上的那块灵璧石酷似一只侧卧着的狐狸狗。时空把它们塑造成这样子，谁也不知道它们经历了多少日月星辰。写字间隙我喜欢把手搭在它的身上，仿佛一种别样的接触。这个夏天我还读了一些朋友的赠书，她们写得很用心，读着读着，不觉酷暑隐去，心路绵长，原来我还是喜欢文字。

我想改用一首歌作为本文的结尾：我是一棵夏天的树／安安静静守着小小疆土／眼前的繁华我已不羡慕／因为最美的在心中不在远处……

风筝，风筝

对于风筝，我是从幼年就入心的。看到风筝，就想起故乡的春天，想起青弋江绿绿的堤岸。总有人在那里放风筝，大一些的少年牵着风筝线，小一些的孩童跟在后面跑，跑掉脚上的布鞋是常有的事，倒在青草地上哭鼻子抹泪的，也不少。我就是那众多孩童中的一个，家中有兄长，牵住风筝线的美差总摊不上我。那时候放的风筝都是父兄动手制作的，因为是些竹木材料，糊上彩纸，所以笨重，对风力的要求就更高。记忆中的放飞十有八九是不成功的。一次次地奔跑，我们满头大汗，内衣都汗透了。

在古代，时至清明，人们在祭拜先祖之后，都会放飞纸鸢。在放飞前，将自己知道的所有灾病和烦恼都写在纸鸢上，等到纸鸢放高时，就剪断线，任凭清风把它们送往天涯海角，据说这样做，自己的疾病、秽气都会被纸鸢带走。但我想，娱乐的因素才是主要的。每年清明节前后，风和日丽，家家户户扶老携幼，郊外踏青，竞相把自己的得意之作送上蓝天。有一首《村居》诗，我最喜欢：草长莺飞二月天，拂堤杨柳醉春烟。儿童散学归来早，忙趁东风放纸鸢。

在历史上，风筝的用途曾经有过多次的转换，据说曾用于军事，有些历史资料中曾提到：汉将韩信曾将风筝放飞到空中，根据风筝的放飞线长度来计算到未央宫的距离；公元781年，唐将张丕被叛军田悦的军队围困在临名，情况危急，张丕急忙以纸为风鸢，风筝上写着，三天内不来救援，临名将士就都成了田悦的口中之食，风鸢升空后，高百丈，过田悦军营，田悦命弓箭手射它，竟够不着，求救书终于由风筝送达援军。到了唐代中期，社会进入了繁荣稳定，风筝的功能又复归娱乐，走向民间，风筝的类型也多了起来。

如今不只是乡村，风筝在都市也随处可见，无论是滨江公园，还是湖边广场，一抬头就会看到各式各样的风筝，在天空飘荡争艳。身边绿树丛中，传来苏红的歌：

又是一年三月三
风筝飞满天
牵着我的思念和梦幻
走回到童年
记得那年三月三
一夜难合眼
望着墙角糊好的风筝
不觉亮了天
叫醒村里的小伙伴
一同到村边
怀抱画着小鸟的风筝
人人笑开眼
抓把泥土试试风
放开长长的线
……

是的，风筝恐怕是中国人童年里最普遍的玩具了，可以说它伴着许多人童年的成长。如果你留意，在放风筝的人群里，除了小孩、老人，年轻的恋人也不少，一对一对在江岸边放飞风筝。站在小区阳台上，常看到他们奔跑的身影，边看边想，这恋爱婚姻也就像放风筝，既要给它一定的自由空间，又要保持一种牵系。过度限制它的自由和完全放开手，都可能导致最终的失去。

　　风筝入诗入画很多，入歌的也不少，除了上面苏红唱的，女儿会唱一首叫《风筝》的歌，其中有这样的词：

> 我是一个贪玩又自由的风筝
>
> 每天都会让你担忧
>
> 如果有一天迷失风中
>
> 要如何回到你身边
>
> ……
>
> 贪玩又自由的风筝
>
> 每天都游戏在天空
>
> 如果有一天扯断了线
>
> 你是否会回来找我

　　从幼年就入心的风筝，现实里我却从来没有独自放飞过。如今，却不得不放飞了，只是线的那头是我的女儿，她已越过家园，跨江而上，飘在另一座都市的上空。

过年是一种风俗

年是时间的计量，也是具有地域文化特色的风俗。曾写过一些过年的文章，此时读来仍有以前的感慨和诗意，静一静，一些零星的记忆会涌上来，慢慢勾画一幅遥远的乡村年景图。

腊月做糖

那时食品短缺，每进腊月，家家开始做糖，炒米糖是主打。炒米是"糯米饭"晒干后一粒粒和着黑色的"铁砂"在大锅里一起炒，全部炒成又白又胖的"爆米花"，然后用筛子把"爆米花"从"铁砂"中分开，备用。另一口大锅里装了许多麦子和水熬制糖稀，等到糖稀熬到筷子一蘸，慢慢往下滴挂时，就可以把"爆米花"倒入锅中与糖稀一起搅拌均匀，这时还可以加入炒熟的花生米、芝麻或山芋干等，做成"花生糖""芝麻糖"等不同口味的糖。搅拌好的炒米和糖稀放进四方形木条框子，排在案板上，用擀面棍在上面不停地碾压，直到把"爆米花"、糖稀和花生米等压得结结实实粘在一起，才开始用刀子切成长条，再切成一小片一小片的，堆放在那里，这就算做成了。等到糖稀变凉变硬后，吃起来又脆又甜又香。过年时，每家都要拿出这样的糖来招待客人。我记得母亲总是把它们用大坛子或大饼干桶盛起来，并把坛口扎紧，再放进一些炒米焐着，这样可以一直吃到来年的五六月。小时候上学前用手帕扎上一兜就当成中餐了。现在菜市场也看到有这样的炒米糖卖，不知为什么，总觉得不如儿时自己家做得好吃。

除夕点灯

平日里节省灯火，可一到除夕家家灯火通明，直到天亮。我估摸这样做是不是希望来年日子红红火火。一大家人围在草火桶里嗑瓜子闲谈，再晚些就会有茶叶蛋端上来。大家一起守岁，没有春节晚会，就在一起打扑克赌家钱，父亲常常是要输一点硬币给我们兄弟们的，一年到头，就数这样的日子开心。偶尔兄弟们争吵，母亲总会训诫：过年了，你们不能打架、骂人，明天大年初一，也不能跟别人要钱讨债，谁要是再吵就不给压岁钱。我们立刻噤声，压岁钱是童年多大的事！我们兄弟谁不期待，明天一早醒来，个个枕头下都有一个红包，装着崭新的票子，拿到手里，再捂进口袋，一整天都会暖融融的。童年瞌睡大，除夕夜常常等不到过午夜就昏昏入睡，最小的孩子会被母亲抱到床上。房间里也一样亮着灯，直到天明。

新年闹春

眼睛一睁已是大年初一，大人、孩子们都换上了自己喜欢的新衣服，邻里开始互相拜年，老人们则在一起拉着家常，年轻后生和姑娘们卿卿我我，孩子们嬉闹追逐。有些村庄从腊月就开始排练玩灯，新年一到，就是他们巡回表演的季节，时不时就会有盛装的马灯、龙灯、狮子灯队伍进村来，锣鼓喧天，爆竹声声，村里年岁大的管事的人忙着迎来送往，为他们备上礼物糕点。大人牵着小孩子村东到村西地看热闹。捏泥人的，卖糖、卖饺儿的挑担人……真正是和谐太平的景象。这样的年景现在回想起来仍不免怀念，以至我时常感念命运把我降生在江南丰足的乡村。关于过年的风俗其实还有很多很多。

当然，我更明白如今对过年的追忆里，其实最多的还是怀念那些一去不回的时光。

珍惜每一滴水

我母亲今年七十有三了，平日里节水可真是个模范。接一桶自来水，先淘米再洗菜，然后洗拖把，完了再浇花。这些还好，最让我受不了的是，小解后总是舍不得拉水筏，而是用水瓢挖点水，马马虎虎冲一下。有一个月，居然没用到一度水，水表都不肯走，同一栋楼收水费的人，怀疑老太太是不是故意将水表弄坏了，让老人几天都生闷气。我劝她，您老又不是用不起这点水，何苦那样过分节约，以至人家起了疑心。母亲说："好端端的水，为什么不多用几道？淘米水泡洗青菜，还能除掉残余的农药呢，我是在电视里看的。洗了拖把的水、从鱼缸里换出来的陈水，浇花更肥。人家要那样嚼舌头，让他嚼好了。我还是要节约水。电视里讲，北方有些地方缺水，人都没水喝了，畜生和庄稼都干死了。我们不能仗着在长江边就大手大脚浪费自来水。居家过日子，又不是摆阔的事。"于是，我的老母亲还是那样珍惜每一滴水。日子一久，人家了解了老太太的生活习惯，也就没有人怀疑她偷水了。

关于节水，大作家贾平凹也有佳话。据贾的朋友萌丹说，他们一伙人常到贾家聚会，坐久了免不了上卫生间，上了就得冲水，你"哗"的一声，他"哗"的一声。贾平凹心疼了，对他们说，往后你们上厕所要一道，这样冲一次水就行，你们这样一个一个地上，多糟蹋水呀！弄得朋友很尴尬。但因为有了同样惜水如命的母亲，我忽然会心地笑起来，觉得抠门的贾平凹有些可爱。

从地球的水资源来看，人类将面临水荒的危机。今天不节水，明天没水喝，我们应该向节水王国以色列学习，置身沙漠严重缺水的他们发明了世界上最先进的滴灌技术，不仅人不浪费水，连植物也不许浪费水，最大限度地利用每一滴水。节约，应该从自我做起，从小事做起。无论你多富有，节约都将是美德和可贵的品质。

南山园落成记

南山园其实是村子里的一座公墓园，在故乡很多村庄里都有，大都不是集体捐款就是由某位在外发了财的村民出资修建。南山园是我的堂弟出资五十万元修建的，他的善举为村民颂扬，原因是他不是村子里最有钱的人。除了修公墓，年关到来时，表弟还常给村上五保户大爷大娘一些钱，接贫济穷，并成为常态，于是就有了乐善好施的口碑。这次他为家乡修墓园，落成之前，村长托信让我写篇文章，把事情经过记下来，刻到石头上。我当然推脱不得，对于故乡，游子们当有钱出钱，有力出力，我算是村上的文化人，写篇小文也是顺理成章的事。村长说了，文章要有点文言味，但要大家看得懂，还要结合形势，写写意义。这让我听了真心没底，用了一个晚上，写好文章并开车送回，还将所需园内门联，亲自以宣纸书写好一并带同村庄。老村长是我的小学老师，当我递上"作业"时，还有当年的怯怕。好在他戴上老花镜看完后点了点头。我是这样写的：

公元二零零九，岁在己丑，时序仲秋，为锦芳坞董氏后裔祭祖联谊之便，构建和谐家园，倡导殡葬新风，由乡贤董和义先生斥巨资修建之南山园历时经年，今选良辰吉日，行落成典礼。此园坐落于吾村西南，良田环绕，花木为邻，主殿坐北朝南，高15米，宽15米，殿深10米，建筑面积300平方米，为垂檐歇山仿古建筑，风格质朴，端正大方。

树高千丈有其根，江流浩荡有其源。千山万水隔不断故土之念，一脉同根、血浓于水。追念先型，感怀祖德，悠悠数千岁月，董氏列祖荫庇九州，董氏子孙业发四海，人才辈出，佳绩无数。欣逢桑梓大喜，皆从八方归来，焚香告祖，共贺盛典，表子孙崇敬祖德之赤诚。

人在天地间，死生寻常事，昔日沟边地头路沿河岸，乱埋滥葬比比皆是，政府开发建设，多为迁坟移墓费大量人力物力，且难免对亡者之不敬，损环境资源，阻经济民生。修乡村公墓乃成政府与百姓之共愿。南山园顺时而建，遂成榜样，实为易俗移风之良端，乡村文明一标识。

规建伊始，南山园坚守生态第一，彰显人文关怀，重乡民之习俗与需求，将其打造成绿草如茵四季常青之园林化个性化墓区，实乃亡者理想栖息之所，子孙缅怀先人宝地。

附园内原创对联两副：藉村边草木，列祖留生前浩气

避世上嚣尘，南园慰逝后英灵

碧水长流，苍天有泪化春雨

青山永在，厚土含哀寄秋风

南山园离我家大门口不过八百米之遥，回家祭祀常要经过它，有几次我

都跑进去看看刻在石头上的这篇小记，看看刻在条形大理石上我书写的几副对联，这大约是我平生惟一被刻石的"书法"作品了。在这个有些落寞的园子里，我总能感到故乡的温暖。

贰

休闲

象棋作伴

　　下象棋是我生活中一个不轻不重的组成部分，从小到大都是。但我的棋艺平平，除了天赋悟性外，与我对待下棋的态度也有关系。我从来不去读棋谱，既是业余下下玩，也就不妄想下棋能下出一番事业来，我只图下棋的一点快乐而已。因此我并不像那些心怀抱负的人专找高手过招，我只寻那些旗鼓相当的棋手对弈。水平越近，性情越投，乐趣越多。

　　有人说真正的大家下棋能置己于胜败之外，敢于赞叹对手，也敢于指点对手，允许对方悔棋，这固然是达者的聪明，但我却做不到。我顶讨厌的就是对手悔棋，你落子前可以多思量，为让你落进陷阱，此前是下了本钱的，你一悔棋别人哪里还有下棋的心情。自古博弈并称，下棋不过是一种变相的赌，要有一点愿赌服输的精神才是。输了可以重来的，又不是人生。弈虽小技，的确可以观人。有那么一种人你跟他下棋是得不到什么乐趣的，赢了他，他会说昨晚觉没睡好，早上忘喝牛奶，旁边有人插嘴，让你赢得不快；输了他那就更会让你不爽，说是这盘棋给你赢你都不会赢，让他多为难。就是弈和，他照样会拿话来奚落你。这样的棋不下也罢，但生活中遇着这样的人就不这么容易绕得过去了，一次一次风刀样磨蚀着你的耐心和勇气。有时候倒是真想看看人生的"棋谱"，可惜却没有，每个人面临的生活都是新的，再好的古训也帮不了你。

　　会的棋类不多。我最爱下象棋，红黑方32子，64格，90个交战点，演绎了两千多年的阴阳之变。从乡村到都市，走到哪个旮旯不能发现弈者的身影？我认识一位老人，一辈子酷爱象棋，常常因为下棋误了下班买菜，误了单位接送班车，没少挨老婆骂。他下棋总是把红子让给对手，人家要他先走他总不肯，喝一声："红先黑后，输了不臭，你请！"在家中下棋，堂屋不给下，他就躲到厨房。厨房不给下，他就退到路灯下。就这样，他的夫人还是要赶来揪他衣领，有次还掀了棋盘。下次他再找别人下棋时，人家都婉拒他。后来他得了老年痴呆症，到外面寻棋摊，常常不认得回家的路。那时，他的夫人已经退休了，看着他这个样子，就到处为他寻找棋友来家里下棋。终于找到一个退了休的老头，好烟好茶招待，可是人家发现他下着下着就把别人的棋子当着自己的走，就再也不玩了。老人又回到落落寡合的状态中。

我想他的夫人一定后悔当年没有多留一点下棋的时光给他。

　　我的父亲也懂点象棋，但不像我们兄弟下起来那么投入，偶尔看我们吵得不可开交，就过来很严肃地对我们说："下棋不过是玩玩的事，值得这样较真吗！凡在小事上过于认真的人，是做不成大事的。"我们听了就安静下来。但我却一直没有改掉"认真"的毛病，和谁下棋都不肯轻易认输。记得一次单位象棋比赛，我被人杀得只剩下单马炮，而对手还有双马双炮，不过对方士相不全。他让我投子认输，我不允，结果我赢了那盘棋。因为胜负有时不只是棋技和子力来决定。大名鼎鼎的阮籍，母亲死时，他正与人下棋，对手表示可以暂缓一下，待阮籍料理完母亲后事再继续，阮不干，一定要马上决一胜负。棋迷到这样不拘礼制，令多少人匪夷所思。梁实秋在一篇写下棋的文章里说，有两个人在跑警报的间隙下着棋，敌机空袭开始了。炸弹溅起的泥石洒到棋盘上，棋瘾小的那位要下防空洞，对方一把抓住他，说："你走，就是认输！"这位是下棋不要命了。

　　李渔在《闲情偶记》中说，弈棋不如观棋，因观者无得失心。我却不能苟同。做一个旁观者固然败不关乎自己，胜利却也永远只是别人的。就像看戏，那舞台是粉抹者的舞台，在心深处谁不想也置身舞台中央呢？所以我还是喜欢亲自上阵与人厮杀。我是个很矛盾的人，这在下棋上也很显见，一面是不愿轻易输棋，一面是不想钻研棋艺，我觉得下棋的乐趣肯定不会与棋艺成正比。数年前，芮乃伟在应氏杯决赛后痛哭失声，她说："我从此就没有棋下了……"从中国飞到日本，从日本飞到美国，再从美国飞到韩国，她成了一只想下棋的候鸟。苦心人，天不负，这个围棋强国的热情，帮助她打破了男子对棋坛的垄断，并连续击倒巨人李昌镐。但她内心看重的不是这个，而是"终于又有棋下了"。这种快乐伴随着她的每一手棋。这大概就是一个职业棋手的宿命。

我现在棋是下得越来越少了，但只要下起来仍然是废寝忘食。曾经，我遇着一位昔日的棋友，问他下不下棋了，他说早戒了。我不解，细问才知缘由。一次单位棋赛，决赛时他的对手是单位一把手，棋力不如他。但他一想到自己正是提干考察阶段，不免手软，结果自然是输了棋。谁知这种奴才与主子的下法，既让头儿不快，又让群众耻笑。他叫屈说："人在世上生存，除了以棋为生的棋手，大家都是以棋为戏，相对于饭碗前程而言，一盘棋的输赢应是不足道的，难道我真的做错了吗？"后来他离开了那个单位，自己开了家文化公司。从那以后，他再也没有碰过棋了。望着朋友离去的背影，我陷入沉思，假如真的碰上个心胸逼仄的上司，他赢了棋又如何呢？这棋里棋外的人生多么相似又多么不同哟，有些棋是下不得的，有些事是做不得的。

　　看来下棋还是与做人一样，做简单的人，下简单的棋，得简单的快乐最是上策，欲念多了，人就沉重得拿不动棋子了。要让我说，人生在世倘若从不曾亲身体会一下棋中之乐，可真是有些可惜，更别说让我戒棋了。

打牌

打牌在我的生活中，虽不像打球下棋占的时间那么多，但我日常生活里却会时不时来两下。最初接触扑克牌，是很小的时候与小伙伴们一起玩争上游，这是一种极简单的打法，不需要与人合作，技术的含量也不高，全凭牌运。刚学会后，我就开始与人赌起来，赌的是那种画片，偶尔也一分两分的来。这种快乐差不多与看小人书一样让我着迷。母亲看在眼里急在心里，说我们董家将来会出一个赌鬼。到真正学会了打骨牌、推牌九时，我要离开家乡去外地念书了。没有了那种老少皆赌的环境，加上校园里别的娱乐活动有的是，我就远离了那种纸牌，直到工作后才开始重操起来。不过那时时兴玩光牌，是三个人玩，总是带点小刺激，我终究体会不到多少乐趣，一直没有深入。倒是那种两副牌合在一起打八十分的玩法让我有些着迷。四个人，两两对家，这里面的配合、记牌功夫已经不是一时半会就能烂熟于心的，这种配合需要长时间搭档产生一种默契，才能在出牌时心领神会。

我们家的牌友是一对医生夫妇，常是两个男人一组，两位女士一对。他们夫妇一来，我们就沏上清茶两杯，掩上书房门，开打。定好三局两胜，但常常是输的一方不服要打满五局才肯罢休。最狠的一次，居然打了个通宵。有时为罚分争得面红耳赤，甚至撒牌走人，夫人们发着狠说：以后再不和你们打牌了，赖皮精！但是过不了两个星期又会电话相邀，一副急不可耐的样子。难怪爱书如命的梁实秋说："只有读书才能忘记打牌，也只有打牌才能忘记读书。"就其过程的愉快，二者完全可以相提并论。

在单位里，我还和同事们玩过"斗地主"，当时这是个新玩意，只是觉得名称有点怪，就站在一旁看，几回看下来就看出一些门道来。原来是三家打一家，被打的一方称作"地主"。这是个最讲配合的游戏，三个"贫农"必须通力协作，经常要不惜牺牲自己，掩护同伴脱手，以取得战斗胜利。因为当"地主"的一方手里比别人多八张牌，若是单打独斗，各自为阵，肯定是斗不过"地主"的。正因为需要配合的技术，所以免不了有相互埋怨的情形发生。较真过了头，还会翻脸，翻了脸就很不好玩了。我甚至还发现一些人悄悄作弊，这就更不可原谅了。人家牌打得精，会算计，我觉得这都无可厚非，但作弊就是牌品的问题了。有些人也不是作弊，但他斤斤计较，出一张牌能想半天，把本来轻松的事做得格外沉重，这同样也不好玩。经历了几场真刀真枪的"斗地主"后，我就退出了江湖。玩也是和几个性情相投、牌风相近的人玩了。当然不是白玩，肯定是要赌的，只是请客之类，不再直接玩人民币了。当下又流行起一种叫"掼蛋"的玩法，比斗地主更复杂，也更有技术含量，而且也更流行，有句话说：吃饭不掼蛋，等于没请饭。朋友聚餐总是要先掼两把。

牌桌上也是个能显出人的真性情的地方。有的人输牌不输人，有的人常常连人带牌一起输了。我总觉得一个牌风端正的人，他的人品也就坏不到哪里去。梁实秋称赞徐志摩的牌风是"手挥五弦，目送飞鸿"，那自然是打牌的一种境界了，想生活中志摩这样的牌友还是有的，只是诗做得没他好罢了。

饮器最爱是紫砂

真正玩收藏的朋友若看到我写起藏物小文来，一定会说：他是腰里别耗子——假装猎人。我的确是收藏的槛外人，但对一些古玩旧物所透出的历史文化味儿却无法漠然，对那些真正的收藏家也十分敬重。盖因收藏是人生经历的见证，是人与物的对话，也是人与历史的对话。

我的家中有一把紫砂名壶，是现代制壶大师汪寅仙所制的圆提形紫砂壶。汪寅仙的一款紫砂桃圣壶，曾在1994年金陵秋季书画陶艺精品拍卖会上，以8万元人民币的天价成交，真叫土与黄金争价。

我得汪氏壶纯属偶然。20世纪80年代初，我随单位车去常州，途经宜兴，同行者都要求停下来逛街，说是宜兴紫砂名天下。大家都买，我也不能空手离开，就花了48元买下这把造型简洁流畅、器面光可鉴人的紫砂壶。当时我甚至根本没在意制壶人是谁，只觉得壶身上铭刻的古梅枝横影疏，字也可心，"山中一杯水，可清天地心"，就买下它。

回来后，我一直用这把壶泡茶，很珍惜，很小心，要知道当时我一月工资才三四十元，很怕打碎了它。制壶家陈鸣远曾在他制的壶底铭曰："器堕于地，不可掇也；言出于口，不可及也，慎之哉。"好像专对我说的。

就像画家应天齐一样，当年没什么名气，送张画别人还不稀罕，现在值钱了，收藏的人恐怕有份窃喜。汪寅仙当时也未出名，所以壶价平平。直到有一天，我在一本叫《茶壶珍藏》的书上看到一张壶的插图与我手中的壶一模一样，我才想起来查查制壶人。在壶盖内侧有一方章正是隶书"寅仙"二字，不禁一阵欢喜，觉得此壶与我有缘呀。可是，接下来倒有些不自在起来，天天拿它泡茶，书案上、茶几上、窗台上到处放的，现在却格外怕碰损了它，壶还是那把壶，因为突然知道了它的身价，倒有些措手不及，甚至生出不想用它来继续做我饮器的念头。不过静一静，我又回到不为物役的常态，它还是天天为我泡茶，还是书案、茶几、窗台上随手一放。我以为赏用并具才是人对物的应有之态。

我喜欢紫砂饮器，不仅是因为冬能保暖，夏能保味，无熟汤气，还茶之本质，我还特别喜欢壶身上的铭刻，其图悦目，其文赏心，有的更是令人玩味无穷。如郑板桥有壶铭曰：嘴尖肚大耳偏高，才免饥寒便自豪。量小不堪容大物，两三寸水起波涛。借壶讽刺人情世态，深具板桥风格。历代紫砂工艺名师把艺术的生命和活力，倾注于每一款茗壶之中，使之造型"方非一式，圆不一相"，千变万化，层出不穷；还有顺天地万物之自然形态而制的各种自然型壶：青竹节、老梅桩、大寿桃、熟石榴……每一把打动人心的茗壶，都是制壶人智慧与辛劳的结晶，散发着怡人的艺术情趣，加之紫砂淡墨、水碧、蓁黄、海棠红、定窑白等各呈异彩的多种泥色，使人不见则已，一见爱不释手；不集而已，一集终生不休！

藏物成癖，大有人在。这没什么不好。明人张岱说："人无癖不可与交，以其无真情也；人无疵不可与交，以其无真气也"，愚以为精粹得很，文化人没一点执着追求和爱好，是不可想象的。

木雕情缘

　　我对木雕产生兴趣，始于一次文学笔会。笔会在皖南绩溪开的。会间，我们参观了上庄胡适古居，当时还没太在意，可等到了龙川旺庄时，那里的石牌坊、砖门罩以及老宅内的木屏风，让我实实在在地感受到古徽州的三雕之绝。尤其是胡氏宗祠内的木雕让我的心为之一震。环顾屋宇门窗、窗槛、裙板、窗扇、斜撑，目之所及皆是精美图画，画里的飞禽走兽、梅兰竹菊无不栩栩如生，有人称它是民间的故宫，我当时没有去过故宫，只在书上看过故宫的照片，但我觉得眼前这些精致的木雕比照片上的故宫木雕还要美，它更有南方的精致灵秀。我越看越痴迷，用手轻抚着鹿、鹤、麒麟、牡丹、灵芝之类的图案，摸着那些衣褶清晰、表情鲜明的人物，我觉得他们正在上演着遥远的逝去的生活剧。

　　我开始收藏木雕是十前年的事。令我难忘的是，曾经拥有过的两张花板床木雕。这两张床都有百年历史，而且出自同一个匠人之手。据一位八十多岁的老妪说，她小的时候，这床就有了。她听大人说，那个木匠雕这两张床用了整整一年时间，得大米数斗，银元若干。这两张床的主人是马姓大户人家的两个儿子。光阴荏苒，物是人非。时间到了20世纪末，这两张床的命运也发生了深刻的变化，一张床在一场百年不遇的洪水过后，被主人用来拦猪圈，其画面金粉皆失，日久更是臊气熏人，落地端已腐朽；另一张要好些，可惜的是被重新涂上大红大绿的油漆，犹如让诗仙太白穿上红袄绿裤，风雅顿失。可是我偶然得到它们之后依旧喜不自禁。

我将那张露出木质本色的雕床，用热水浸洗，晒干，趴在地板上，用酒精棉棒，将木雕缝隙里的百年积尘一一拭净。那是一折古戏，有人物十余，形态各异，须发纤现，有舟有桥有屋，远景近物共有三层，十分难得，只是木质朽蚀得厉害，已不堪指掐，坚物稍划即痕。我将它横倒放在书房里，伏案之余，细细赏玩，静默里的喜悦，别人难解。另一张被刷了彩漆的雕板床，是以花鸟为主，有凤凰、麒麟，还有鹿回头及灵芝等祥瑞之物，两侧竖板上还雕有对弈图，那围棋盘上的棋子粒粒饱满，弈者的情态更是生动别致。这两张雕床，在很长一段时间里带给我难言的快乐。文章雕画，虽都称作艺术，其性质特点却有很大不同。雕画之类本质上属于工艺，先要有工，然后才是艺，是习练的结果；写文章不同，有的人一出手就很不凡，习练倒在其次了。我常常无端地想象那个匠人，他有一双怎样灵巧的手和一把怎样锋利的刀？

可是最终它们都离我而去了，个中的原由难以细说，无非为人巧取而已，不说也罢。人与物跟人与人一样，总有缘尽之时。这两张大件木雕的得失经历，让我格外难舍余下的木雕了。正所谓：何以至今心愈小，只因过往事皆非。

宋瓷斗笠碗

回老家的时候总要到童年居住的老屋张望，斑驳的墙壁，朽蚀的屏风，屋顶鱼鳞瓦中用来采光的玻璃明瓦也已成了古董，一片两片，常让我记起儿时雷雨之夜的闪电。

那天，当我在老屋里低头看木格窗台时发现了它——一个似盘似杯又似碗的瓷器。瓷色如鸭蛋壳里偏白的那种，胎体比现在用来吃饭的碗要薄得多，拿起来轻飘飘的，翻过来碗底质糙无釉，平底稍斜，有些内凹。凭直觉，这是个老"东西"。

问家兄此物何处所得，说是在青弋江边沙滩上挖沙挖出来的，原有三个，当时觉得杯不杯碗不碗的，没一点花纹图案，就随意捣碎两只，只带了一只回来，说若我喜欢尽可拿去。

那时我正喜欢收藏，周末时不时光顾一些民间捣鼓旧物的人家，做些人弃我取的"勾当"，也亲密接触过一些瓷器，还看过一些古瓷鉴赏之类的书。我知道古皖境内，有名的窑有三。其一，寿州窑，在现在的淮南市，唐属寿州，故名，是唐代著名的黄釉瓷产地之一。其二，萧窑，在今萧县白土镇，创烧于唐代，而终于金。唐代烧黄、白、黑釉瓷器，入宋以后主要烧白瓷，其器物胎体厚重。看看眼前这件瓷器，如此单薄，决不会出自此二窑，釉色与胎质均不附，再说地理位置上也相距迢遥。这样一排除，就觉得此器物可能出自第三个古窑：繁昌窑。繁昌窑，烧瓷于宋代，专烧青白瓷。眼下这器物瓷色正是青白之间，而且繁昌与老家南陵接壤，我想这可能就是一件繁昌窑的宋瓷了。

回来后，将它洗净置于博古架上，开始查阅繁昌窑瓷器的特征，终于在上海科普出版社出版的《中国古陶瓷鉴赏》一书上，找到了对繁昌窑产品特征的描述和鉴定要领：

胎较薄，胎色白，釉色白中闪青，釉面光润；碗盘类器物施釉一般近底部，外壁旋削痕明显，底足分平底内凹、圈足斜切、圈足壁斜切三种；产品中以注子和注碗配套的温酒器最富特色；器物大多无纹饰，采用垫饼垫烧，器物足内无釉。

依此可以断定此器皿为宋瓷，出自繁昌窑。可它叫什么名呢？一位收藏的文友说，是碗，叫斗笠碗。倒扣过来就是斗笠状。另一位做古玩生意的人说叫盏。李清照词中"三杯两盏淡酒，怎敌它晚来风急"中的盏，就是这模样。翻字典，知道与此相关的释义有二，一是浅而小的杯子，如酒盏；一是油灯盛油的浅盆，称油盏。汉代陶油盏我见过，与此器形相差甚多。于是有人问我它叫什么时，我就说是斗笠碗。

其实，碗也好，盏也好，都无所谓。这样一件朴素无华的器皿注定不能成为瓷之中流，不敷金碧，难登雅堂；但它造型别致，纤秀光润，又不单单为了应付生活实用，它属于诗酒属于闲适，属于"宁可食无肉，不可居无竹"的文人，它陈在文人书案之侧，即便是陋室，也不失为置酒好物，端起它主人就能心手如一，酒入豪肠，便能吐一口锦绣。

此刻，写着这段文字时，我又抬头看看架上的它，静静地立在那儿，盏口浑圆，无声无息，你永远也无法知道曾有过什么样的手将它捧起，它盛过几多月色，几多酒香？又在青弋江边沙土中沉睡了多少年？更不知道什么时候它会离开我或者说我要离开它？缘主万事，得失之间，人与物相看无厌，能得会心一笑，足矣！

我家的青花盘

在我不多的青花藏品中，有一只底款为"大清光绪年制"的青花盘，我很喜欢，它是我一位乡间文友带来的。那是一位也喜欢藏玩的民间高人。当他拿出来向我展示后，我一见倾心，青花特有的秀质，让我爱不释手，他一脸坏笑地说，就知道你会喜欢，想要就留给你，不过你得用字画来换。他盯上的是一位60年代就成了名的老画家的一幅花鸟。因为我有两幅，就毫不犹豫地拿出其中一幅送给他，青花盘就归了我。

这个盘子直径17厘米，盘中央绘一回首麒麟蹲坐石上，四周绘十二幅瓶盆花草，那些瓶中插着如意、爆竹、月季花、三只戟、一戟一磬，花盆中插着兰花、珊瑚，盒中插一支荷花等图案分别代表平安如意、岁岁平安、四季平安、平升三级、吉庆有余、献寿兰孙、红顶花翎、和合如意等吉祥之意。底部为"大清光绪年制"六字双行楷书款，字体瘦长飘逸。盘底圈足，足内壁陡直，露胎处微见浅淡火石红。通体酥光，温润如玉。

到家里来的行家朋友和那位文友对它的评价如出一辙：这是一件开门的光绪民窑仿官窑精品。由于清早期废除了明代官窑的编役制度，并将明末出现的"官搭民烧"制度确立为定制，所以官窑的器形、图案、样式便流落民间，得以在民窑产品中仿制出现。同时随着"官搭民烧"的盛行，部分民窑烧瓷水平得到大幅提高，甚至还出现过民窑大量仿制官窑制品。

我的这件青花盘，摆在书架上沉着典雅，细细把玩其胎骨，细腻坚实，虽然很薄但不显轻浮，迎光微透，隐隐可见另一面青花图案，敲击有叮叮金属声，沉稳悠长，颇有光绪官窑的遗风。其釉面白净，光晕内含，微显细碎小波浪纹一样的橘皮皱。这与光绪官窑器特征正相符。但其青花发色虽具有光绪年菁碧典雅的特点，却显得不够沉稳明丽。盘身所绘图案也暴露了民窑特点。盘正中的麒麟虽然绘制精美，但缺少威严，同时底款字迹略显随意，缺少官窑款字的沉稳与力度。不过总体来说，这是一件很难得的光绪本朝民仿官窑的佳品了。在本市电视台的一个亮宝栏目，专家估价四千元左右，我想与那幅画基本相当了，但它们之间承载的文化内涵与审美元素，却又是不同的。

露台春秋

以前从来没住过三层以上的楼，喜欢接地气。可都市里接地气的房子总是短些阳光，一到寒冷的冬天，对高层的灿烂阳光总生出羡慕，充满阳光味道的被窝是一种不舍的回味。每到洗棉衣、床单，家里主妇也常为晾晒发愁。加上小区地面被越来越多的私家车挤占，走路总担心后面来车，决定找一个人车分开的新小区。

新家在34层，秋天搬家的，有一个好大的露台，满足了眺望的癖好。入住时露台就初具花园模样，有刚开谢的栀子树，还有余香，桂花、月季、美人蕉、玉兰花正开着，还有西红柿、辣椒等绿蔬。开着晚莲的鱼池，金鱼在澳洲杉浓荫下游弋。这些是很能让初见的人"惊艳"的。

露台中间做了个八角形的观景台，放上桌椅，边喝茶，边欣赏西边的长江。长江永远是一幅流动的画，无论昼夜晴雨，总有大小船只往返。每到太阳将落，江面最美，秋水长天一色，过往船舶耀金，此时此刻一定是万里长江万里景，壮美哟，最初总要忍不住将夕阳长江拍下来，一天天做着对比。天色稍暗时，就见滨江公园陆续有孔明灯升起，若隐若现，仿佛天边一颗颗星星。从宝塔根到天门山的游轮也正华灯璀璨，是此刻江面的一个亮点。只要没有雾霾，可以看到规整有序的长江大桥路灯，仿佛跨江而过的苍龙。

白天累了，晚上一个人上露台喝壶茶，听听花坛秋虫，看看江水横流，仰头数数星星，清空自己，人会慢慢放松下来，体验一下慢生活的舒缓。俯在栏杆边，呆呆地看远近的灯火，岂止万家。各色的霓虹灯一起闪烁，迫不及待地诉说都市的心事和欲望。

在露台一角，还有两样东西也是这里的主角，一是小小玻璃阳光房，里面陈列了我近年淘来的奇石，徽纹石、菊花石、三江彩、黄蜡石、乌金石、松花石、灵璧石、太湖石等不下几十种，虽不值钱，但它们形质各异，大小悬殊，配上底座，各展风姿，也自成风情。更因藏趣颇多，有的得来不易，自是珍视。友人来访，总要做些推介。当然，在真正藏石人面前，我是羞于提及的，它跟我写稿、写毛笔字一样，纯是业余的，添些生活的欢娱而已。还有一样就是菜园，它由我亲手规划、设计、施工。在这个大露台，它的地位一点不亚于花坛。菜园的园长当然是这个露台的主妇，她无师自通地种上各种时令果蔬，从大豆到芫荽，再到大蒜、萝卜等，每洒下种子，都能收获欢喜。入住前的夏天，每次来都能吃到清脆爽口的黄瓜，第一次摘黄瓜没经验，手还被刺破。这些有机菜常让做园长的十分骄傲。

其实露台上的菜园也好，花木也好，还有小鱼池，都是为了造些地气，有了它们，就会看到绿意，听见虫鸣，心里就会多些莫名的安妥。

在露台，因为高，怕起大风。大风来时能把贴墙的秋千吹得乱晃。风让我们很谨慎，不会乱放东西，怕它们借风作乱甚至闯祸。但与温暖的阳光比，与美丽的风景比，与清新的空气比，有点风，真算不了什么。露台成了我们家的后花园，也是心灵的后花园。

斗蛐蛐

蛐蛐是蟋蟀的俗称。那天在城南一位老总休闲室，我看到一屋子大大小小的蛐蛐盆。蛐蛐盆多为砖石质地，有的还雕刻有图案，雅致如艺术品。有书画家朋友与友人一起斗蛐蛐玩，意在挑选能战的"虫子"。只见他用一支带细毛的小蛐蛐杆，先不停地撩拨蛐蛐让它们发怒，张开嘴，露出牙，叫出声来，此时将两只蛐蛐头碰头放在一起，就会开起仗来，相互撕咬。据说，曾有蛐蛐一口咬断对方一条腿的事。

在清朝时，我国天津斗蟋蟀盛况空前，仆人们挑着蟋蟀盆奔赴现场。事前做局者用天平称好蟋蟀分量，分量相等者方能决斗。双方主人押上赌注，数字写在水牌上，旁人也可押码。蟋蟀进了盆，主人就用"探子"诱其相斗。如一方斗败要跑，用"探子"引回再斗，三个回合后都跑了就算输。于是做局者收集双方赌注，扣掉百分之十的抽头，再付给赢方。天津斗蟋蟀时不许围观，只许双方主人和"监盆"者围观。斗赢了的蟋蟀，振翅长鸣，主人在盆盖后面贴纸上记上它的战绩。这类蟋蟀如死后，主人无限伤心，用白银薄片打成小棺材入殓安葬，并谥以"常胜将军""开国大元帅"等称号。

林希先生的作品中就曾详细描写了蟋蟀从"斗"到"亡"的经过。

观看蟋蟀格斗的激烈场面，饶有趣味。两只小虫在拼搏中，进退有据，攻守有致，忽而昂首向前，忽而退后变攻为守，胜者昂首长鸣，败者落荒而逃，整个过程意趣横生。俗话说，"内行看门道，外行看热闹"，在蟋蟀的格斗战场，行家观之，津津乐道。两雄格斗激烈精彩与否，与蟋蟀的品种、斗前训练和格斗方式等均有直接关系。

据老玩家说，蟋蟀格斗也有"套路"。两雄交锋如果只要对方仅仅一碰牙就可将其摔了出去，使对方根本无法靠近自己，有人形容这种斗法像一阵风从口中吹出，吹跑对方，称之为"吹夹"；与"吹夹"相反，若一开始就可把对方死死咬住不放，一直往后拖，最后对方不得不忍痛逃离，称之为"留夹"；若一开始将对方的牙齿猛力钳住，继而左右快速甩头，荡来荡去，使对方无还击的余地，称之为"荡夹"。此外，还有"背夹""攒夹"等多种格斗"拳法"，蟋蟀也是一个功夫高手。

古人玩蟋蟀有三个境界：一称"留意于物"，如贾似道之流，玩虫误国；二称"以娱为赌"，把斗蟋作为赌博手段，这是"贾之流毒"；三称"寓意于物"，此为最高境界，多文人雅士所为。"听其鸣，可以忘倦；观其斗，可以怡情。"只有后者才能使斗蟋蟀成为陶冶情趣、修身养性的娱乐。我想我的画家朋友们已入第三境也。

一盆人参榕

　　还在华兴街31号上班时，我们就已经是一个大编辑部，开放式办公，同事们桌椅相连，拥挤亲密。很多同事都在自己的桌子上放一盆喜欢的花木。这些热爱知识也热爱生活的同事让我温暖。我的办公桌上也放了一盆人参榕。平时很少注意它，直到有天它出现死亡征兆，我才一惊。那时盆景已经失去生机，鼓鼓的几条根，已徒有其形，按一下就会瘪下去，我不忍施力。半树的绿叶变黄凋落，只剩下一支根，还是树根的紧硬，维系着树的一点点生机，估计大势已去，衰败难免，只是拖些时日罢了。我内心有些寂然，其时这盆树在我的案头已经摆放了七八年，七八年相伴，不管是一个人还是一棵树，任谁没有一点感情与不舍呢？

　　与它相伴的日子，我没有太多的呵护，只是每天用杯中喝剩的水浇它，我喝茶那便是茶水，我不泡茶那便是寡水，从没换土施肥，从不晒太阳，照在我头上的白炽灯光，就是它的阳光。办公室毕竟不是家中，过分莳弄一盆花木，似乎有损职业品质。对它我是有些抱歉的。从前我在晚报四楼时，它在四楼，那年我换岗到日报五楼，第一个搬上来的随身物就是它。还是静静地立在左前方，我编稿写稿累了，就会把眼睛从电脑屏幕移开，定定看上它一会，这盆小生命，叶子密密地挤在一起，绿油油的，光可鉴人。根部几个茎块高高凸起，紧紧缠绕，整个造型不算优美，倒有几分骨气。我盯着它时，它也静静盯上我一会，风不吹，它不动，偶尔我能感受到它些许静态的笑容。

它和某些深居简出的城市人一样，感受不到季节变换，因为有空调的办公室冬暖夏凉，一年里它总长出几片叶子，又落下几片，它好像从来没有长高过，其实也许是长高了一些的，只是少到不易觉察罢了。有时我会想起当初中和路边挑担卖它的那个花农，还记得他黑黑瘦瘦的样子，不知道是不是那位花农本人培育了它，创造了它。当时，它放在一个蓝色的椭圆形花盆里，看上去是一株奇怪的小树。花农称它人参榕。它扭着身肢，枝干光洁，叶子小而密，高高地耸在顶部，根部分出五支，交错地盘着，展示出生机。我忽然就喜欢上了它。有时候，我们黑白两色的清淡生活也需要这么一点点缀吧，比如案头放一盆花草——并不图个结果，就为一种心情。

我花十五元买了它。我把它从花农的筐中移到我的桌上。这么多年，看着它，我的心是欢喜的，也是怜爱的，一小撮土，几滴茶水便是它的全部所需。它永远与我喝一样的水，感受一样的温差，沐浴一样的白炽灯，甚至一样忍受办公室的烟味。虽然不许抽烟，但中午休息时总有同事偷偷点一根。

室内盆景一般都很娇气，八年里，我在心里暗暗惊叹它的生命力。我真的不明白为什么在那个梅雨季节，它没有先兆地突然想死去。我查了一下，据说榕树可以活很久，比普通人生命都要长。我破例地将它移到窗外通通风，感受一会真正的阳光，企望它大难不死，长出几片新的绿叶来。但最后它没有长出新叶来，也没有随着我从华兴街31号转到花津南路来。从那以后，我再也没有养过人参榕，尽管有好几次想重新买一盆。

紫砂壶情结

　　有些人天生喜欢一些物品，没多少来由，比如我天生就喜欢紫砂壶。对我来说，紫砂壶是一抔有生命的土，那些色泽沉着、模样质朴的紫砂泥，蕴藉着制壶人的情感，在他们手中慢慢成形，然后在炉火中涅槃重生，令人欣喜。刚工作不久出差宜兴，我就花两个月工资买过一把紫砂提梁壶加四个小杯，那时我还是个毛头小伙，谈不上茶文化浸润什么的，只是因为单纯喜欢就买了。多年后有了些收藏知识后，才知道当年买的是现在成了名家的某大师的作品。她的壶在一些拍卖会上常常十几万甚至上百万成交，弄得我后来泡茶小心翼翼，生怕打碎了它。别人可能因为喜欢喝茶才喜欢上紫砂壶的，我是因为喜欢紫砂壶才喜欢喝茶的。

　　紫砂壶和茶一样，可以是日常家用，也可以艺术把玩，平凡也不平凡。草根雅士都可以收藏把玩。可要得到一只好壶，光肯花钱，那还是不够的，得有关于紫砂器的知识和经验，在地摊上挑拣出来的也未必不是珍品，这与去河滩捡石头一样，得要眼力、缘分。紫砂壶有很多种，光光溜圆的，方形的，瓜果梅桩类的花壶，还有筋纹型、陶艺装饰类的壶。但我还是喜欢光壶，因为觉得它最契合茶道淡泊本身。于壶身过多的塑型或装饰，我觉得离茶道就远了。这个假日去徽州闲逛，归途经一私人博物馆，随意走进去，不期然竟淘得两把紫砂光壶，器型相似，一大一小，皆适宜手把直饮，稍大的那只壶身铭有鹊梅图。光壶以圆为主，它的造型是在圆型的基础上加以演变，用线条、描绘、铭刻等多种手法来制作，削尽冗繁，简约简练。归来煮壶泡茶，与夫人各执一把，充作日常茗具。

时日渐长，也学得一些养壶之道。紫砂壶是透气不透水，养壶在于外养与内养。外养就是勤泡茶，勤擦拭。泡茶时温度较高，壶壁上的气孔就会略微扩张，此时可用茶巾擦拭紫砂壶表面，温热后加之手抚，使得茶汤中析出的多种元素浸润于紫砂壶壁的气孔之中。日复一日，紫砂壶吸茶汤之精华，得主人之心性，就逐渐温润灵气了。内养据说只泡一种茶，以保持茶香之纯粹，这一点我就做不到了，常常是得了什么茶就泡什么茶，基本是皖南绿茶或安吉白茶。

紫砂泥应具有"色不艳、质不腻"的显著特性。所以，选购紫砂壶应就紫砂泥的良莠加以考察。目前市场上，少许无良制壶人，为追求壶的光色，提升壶价，曾添加化工原料，这于购壶用壶人真是大不幸，必须警惕，一旦误购，天天用这样的"毒器"品茗，谈何养生冶情。挑壶时颜色特别鲜亮、鲜艳的壶不能要，新紫砂壶表面水色好的也要小心，这样的壶要么是"泥壶"，透气性差，用来泡茶会失去紫砂的味道；要么是泥料里含有化工原料，炼泥的时候加入了"芒粉"，做成的壶水色好看，颜色均匀。无论前者后者，都不可取。挑壶时要看壶的原矿颗粒要清晰，壶的表面要有砂粒感，敲打的声音也不要太脆，要有陶器的闷响。紫砂壶功能主要表现在容量适度、高矮得当、口盖严谨及出水流畅四个方面。如果紫砂泥质量本身无虞，仅从实用角度有以上四样足矣。

邱翁与他的两株草

在都市，闲来养花的人多，种草的人少。像邱翁这样种菖蒲和铁线蕨的人就更少。

邱翁种草与众不同，他种在石头上。那些经他挑选与黏合的英德石、半汤龟纹石以及老青砖，是这两种草最天然诗意的盛器，胜过那些细腻的紫砂盆。因为它们与草为伍显得更为自然和谐，制作它们的主人更是率性的、随意的，出于一种天赋的挥洒，让见到它们的人顿生怜悦之情。

说实在话，蒲草不比花那么鲜艳夺目。但这草却具有主人一样的内质，相顾一久，就会有若隐若现的淡墨香溢出，草儿更因其自身的传说让人窥见文化的内涵。菖蒲有多种，花鸟市场上看到的多为虎须蒲，不足奇。而邱翁养的这种菖蒲则是极名贵的金钱蒲，惟其名贵，不是说它有黄金的身价，而是它几近绝世。邱翁第一次见到它时，还是个少年，虽然喜欢，但因一直生活在寒冷的东北，无法去莳弄。直到有一天，他在芜湖街头偶遇一老者荷担卖花草，其中居然有他念念不忘的金钱蒲。邱翁顿时两眼发亮，口中喃喃："我等你等了二十年！"而那卖花的老者也风趣，回道："我找你也找了二十年！现在世人识它的太少了。"

　　金钱蒲养起来并非易事。它喜欢的土壤是沙积石草木炭，春分以后才宜出窝，夏天宜剪不宜分，见天不能见日，让毒热的太阳直射，它会变成很难看的萎黄。秋天干燥要浇水，水要浸根不浸叶。冬天要将它藏严实，它怕烟尘。古人陈昊子在他的《花境》一著中总结它的脾性：春迟出，夏不惜，秋深水，冬藏密。主人告诉我，这金钱蒲还有个生日，是每年农历四月十四，奇吧？当然，这只是对植物深爱的人将它们人格化了，提醒人们更注重对它的管理与呵护。看来真的只有性情中人才能养这种多情之草了。在主人家的阳台上，我看到大大小小的金钱蒲一百多丛。

　　邱翁喜欢的另一株草叫铁线蕨。这是一种绿色不开花植物，刚解放时，他在北京中山公园对它一见倾心，它的叶子像银杏，山石溪水边婀娜婆娑。他再一次见到铁线蕨时，已经是20世纪80年代，他到南京中山陵采集树种，偶尔路过一口枯井，井壁苔藓中就有一株铁线蕨，他趴下去，让人抓住他的两条腿，探下半个身子从枯井边硬是将它抠出来，现在我们在邱翁家看到的铁线蕨，多半是它的后代。后来邱翁又陆续收集到杭州甚至境外的铁线蕨，但他最钟情的依然是来自中山陵枯井里的那株。

　　养草之余，邱翁还是雕塑与绘画的高手，赭山公园里的"海棠仙子""屈原"等塑像就是他的作品。他的弟子说他与众不同，是用绘画与雕塑的手法种养盆栽。看到这里，你会问邱翁者何人，是个职业艺术家？非也。他只是一个热爱民间艺术的老人，名叫邱国华，退休前是一个修飞机的钣金工。他的作品散发出的生命力与想象力，是他天赋激情的挥洒与发现。一晃十几年过去了，一直没有邱翁的消息，想来他已进入古稀之年。直到自己有了些年纪，有了些花草体验，偶尔想到邱翁更觉得惜念。

学书小记

　　临写最多的是《圣教序》，大约临写了三四年吧，还在断续地写，也写《书谱》等。我是反过来才临习颜体楷书，也有一年时间，其中，《勤礼碑》临了八个月，《自书告身帖》也临了三四个月。

　　《勤礼碑》，是颜真卿古稀之年书写，可谓人书俱老境界，气势磅礴。我进入唐楷之初，真是有一种临得要哭的感觉。个人感觉楷书的笔画比隶书、行书难太多，颜字又更有每一笔都拉满弓的感觉，险绝中含着平正。

　　同样是颜体，帖，比碑要难得多，因为包含的信息多。碑，经过刻写的再加工，损失了很多细节和个性。而帖，墨迹直接体现书写人的状态，细节丰富，个性突出。碑，可以一个字一个字地抠。帖，却要一行一页地练。临帖的时候就像与古人面对面交流，字与字之间、行与行之间更有关联。不仅要临出字形与结构，更要临出行气和章法。临帖最难的是，每个字单看也许还过得去，一行却未必好；每行单看可能还凑合，整篇却未见得好。即使整篇都像了，还有书写的气息是否与帖一样贯通。

　　有时我想，中国的书法确如禅宗"炼心"，练习呼吸、学会放松、放下自我，修习静定各个环节都包含其中，直至超越技艺，达到"无艺之艺"状态。有书论说："夫书，先默坐静思，随意所适，言不出口，气不盈息，沉密神采，如对至尊，则无不善矣。"

习书，也许在很久的时间里，我们所获甚微，几多空茫。突然，有一天，在无意识中，量变终于达到了质变，书写出正确的一笔来，从而心手相应，忽然神采。接下来，仍然是持续不断地练习，不如此，不能达到正确并能稳定的状态。只有在写字中，才能发现以往很多道理都需要重新去体会。写字临帖，一直在操练自己去学会与挫败感和谐相处。每一页总有写得不满意处，总有气馁的时候。写字同样让我明白，一个人要想全然地接受自己是多么困难。数年来，我把写字当成日课，只要可能，就伏到桌前写上一番，短则十几分钟，长则几小时。进步是肯定的。不仅仅体现在写出来的字好看了，笔画有质量了，还体现在身心比以前放松了，常常会在书写的过程中自然而然地达到凝神收心的静定状态，无意中让我感到欢喜平和，我想这可能才是书写带给我最真切的好处。

每天里的空闲，坐到书桌前，铺开练习用的宣纸，开始日课，内心会有一种亲切感升起，会从工作的疲累中跳脱出来。没有杂念，什么也不想，只是安安静静地书写，能听到笔与纸接触的沙沙声，常常不知不觉几个小时就过去了。

半路出家，并不想能够在书法上走多远，就像我从不奢望在文学创作上走多远一样，人活着，只是需要找到一些宣泄生命情愫的路径，让有限的岁月充盈一些，书写毛笔字是写作之外的另一条小径，或许更让中年的我痴迷。以道驭艺，由艺臻道，陶然也。

游泳纪事

　　最初游泳是在家乡的小渠沟里，我们叫它划水。站在岸边攒足气纵身一跳，手划腿踢就冲过去了，一次又一次，呛几口水，就都会了。游得有些模样后，就到青弋江一展身手。河上那些船家的孩子更是了得，两三岁时，父母在他们腰上拴根长绳，往河心一扔，眼看水喝得差不多，就拉上来，再扔。反复几回，个个都成了水猴子，水性好得要命。

　　到了城里后，见那些孩子交钱给人学游泳，又是气圈，又是理论课，而且一学几星期，真有些不可思议。游泳还要学吗？但等到看他们学会后游泳的姿势和速度，就又有些别的感想了。

　　不过我们那些划水的伙伴中，也是出了人才的。有一个女娃子，游水特别快。在岸上我们可以欺侮她，可是到了水里，她就反过来欺侮我们了。给我们劈头一掌水，呛了一鼻孔。你追赶她？想都不要想！她哪里是游，鱼一样直往前箭。后来，她被度假的省队某游泳教练偶尔看到，带回去，稍加纠正动作，就成了一名出色的运动员，第一次参赛就获得省儿童组第一名，从此开始参加省队集训。可几周下来，她坚决不干了，要回家，问为什么？她说："我要吃妈妈给我烧的菱角菜。"那不过是孩子的借口。教练对她妈妈说，可惜了这么好的苗子。她娘说，不可惜，一个姑娘家整天穿那点东西没完没了地玩水，也不是个事。

那时，每到夏天，我们和她还是一道去青弋江游泳。她成了我们这帮孩子的教练，帮我们纠正游泳的动作。现在我跳到水里，能各种泳姿来一下，真是得力于她的教导。可是我的孩子现在学游泳却不行，一点也不像生在水乡的父亲——也就是我。儿时，我们到河对面摘了人家园里的香瓜，不用手，双脚踩着水就过来了，别人划船都撵不上。为了省渡船费，将新买的小人书举在头顶，躺河面上能飘两里远。可我的孩子连续学两期了，放到泳池里还是只秤砣，浮不起来，真不知是怎么回事。我总觉得人生下来都是会游泳的，因为在母腹中人不就是一条小鱼吗？西方女人生孩子好多不就选择坐到大海里分娩吗？一定是我们生长的过程中，失去了我们一些天生的能力。

又是一个酷暑，你去不去江边游泳？游泳原是我们的一种本能哟。假如你不会，应该找回它。

叁

心絮

墙上的岁月

　　我不知道墙上那套相框叫什么系列，背面有一些哥特式建筑，是她在淘宝网店买的，颜色各异、大小不一的组合，有一二十个吧。先是躺在盒子里，过几天它便成了我们新家最夺目的一道风景。我们挑选了一些旧照片放进去，满满半方墙上都是过往的岁月：有女儿第一天上学的情景，面对校门孩子偎着我无助的样子依旧生动；有我第一本书签售时的场景，是一位摄影家朋友在我不知情的时候拍的，那是一个夏天的侧影；有她抱着女儿走在故乡田野的情景，衣裳、肤色和春天一样明媚……把这么多照片同时放在一面墙上真是件有意义的事。有人说，相机其实是人类对抗自然最成功的发明之一。都说岁月流逝了无痕迹，可当人们"咔嚓"一声按下快门，那一瞬间便被清晰地保存了下来，可以复制到墙上，也可以复制到书上。不管当时你的脸上是笑、是哭，还是无法掩饰的紧张和尴尬，都会在未来的岁月中被封存，让看到它们的人追忆起一段依稀往事。

　　当然，除了孩子的照片，我们保存的照片里很少有哭泣的，对于成年人来说，肆意流淌的悲伤是私密，轻易不能示人，泪水往往躲在镜头后面，更主要的原因是，我们心情悲伤沉痛时，几乎想不起要保留它们，也没有拿出相机的心情。我们经常在照片上看到的，不是被克制或不被克制的快乐，就是被掩饰或掩饰不了的忧伤，当然也有一些故意的滑稽与不知情的放松，那些多半是旅途中的抓拍。在照片墙上，我们可以将岁月重新组合，母亲和女儿可以一样豆蔻年华，面对镜头可以同时呈现相似的少女青涩与拘谨；女儿可以从幼稚园的懵懂，一下跳到大学时光；左边她立在老家菜园，右边却是在曼哈顿街头。时空纵横是照片墙的拿手好戏，你的青春可以与孩子的青春比邻。

喜欢看童年的照片，像是刚出土的嫩芽，纤细干净，没有艳丽，没有过多的枝蔓。照片墙上，我们可以拥有同样清澈的眼睛。当然，我没有挂上那些已经逝去，永不再回来的亲人的照片，父亲的一生只留下一张黑白遗像，我不能放在彩色的墙上装点新家，它放在抽屉里，也放在我的记忆里，像越来越远的农村老家一样，相见亦无事，不见偶相思。

我喜欢看老照片，我家里曾经刻意收藏过几套"老照片系列"的丛书，搬了几次家，淘汰了一大半书，"老照片系列"依旧立在书柜中。我喜欢看那些尚未凋零的青春曾经怎样被张扬着，看某些苍老安详的面容曾有过的妩媚，看那些眼波流转背后的快乐和落寞，当然不只是人物，也爱看镜头里定格的一些历史，战争和灾难，事件和风情，每一回它们都带给我别样的思考。

在家里，装点一方照片墙的确是件有意义的事，看看时光如何喂胖我们，看看孩子如何走出你的风景，看看熟悉的山河岁月，看看季节在屋檐下一茬一茬的反应，都会有不一样的体味萦绕在心。用照片装点一堵墙，看凝固的瞬间，时空交错，感受温暖，也感受亲情。记得春节前夕，她在单位一年一度体检时被误诊恶性肿瘤，手术前一夜，她剪去留了二十多年的又粗又黑的长发放到窗台上。那一晚我无法入眠，深夜里一个人悄悄地立在照片墙前，看着青春的她与女儿趴在老一中校园草地上嬉戏，花裙子和花树融在一起，我几乎听得见她们打闹的笑声；看着她在赭山石阶上坐下来，眼睛看着我，笑靥如花，满阶落叶静美。那时的她，额头上还没有现在的细纹。岁月慢慢地让我们在一个屋檐下变老，空巢后的我们，不再有青年时代的吃醋争吵，懂得默默相依相伴。爱情老了就变成亲情。不知是有意还是无意，拿到检查报告这些日子里，她开始有意无意地教我烧菜，用洗衣机，还叮嘱我以后对女儿再温和些，不要轻易发火。立在照片墙前，每个时期的她，都看着我，像是要挥手的样子。我突然心如刀割，泪水奔流……

感谢上苍，命运只是开一个玩笑，而没有真的痛下杀手，如今照片墙上又多了一张她的短发照。我真的喜欢这方墙，墙上的岁月温暖着我们的家，也浓缩了我们的人生。

水向东流月向西

　　每次打完日期的"日"字后，一敲回车就会出现"日暮途穷"这个成语，有时竟然感到是一种晦气。这是一个不好的词，没有光明，没有前路，不过从另一个方面也是对自己的一种警醒，要在黑暗中探索前进的路，要努力去改变现状。

　　每个人的生命中都有低谷，都可能落入命运的陷阱，但无论有多窝囊，有多委屈，都不要失掉脸上的阳光。一个面目黯淡的人，不管他多么年轻，就跟没有青春一样，暮气沉沉，爱你的人没有哪个愿意你落入这样的昏暗中。

　　常在《百家讲坛》听蒙曼讲历史，历史常常是现实的镜子，看历史上的人、事有时与身边的人、事何其相似。当社会良心和强权发生了深刻的矛盾，公正不能为体制所容时，悲情便在所难免。能在此中保持节操、独善其身已实属难能，大刀阔斧地抗争就格外可贵了。其实一个人的心伤，你越在意越深痛，不在意创面就变得很轻浅。在这个世界上，只有你自己能够让你过得不快乐，过得没有质地，其他的人都不能。

从球馆出来，一个人走在空旷的街头，抬头看，天空其实是有星星的，只是为灯火所蔽。同其他小城一样，夜里十点以后，街上还在营业的地方，除了茶楼，主要是歌厅和洗浴中心了，这一"唱"一"洗"，其中的奥妙谁都知道。但乐在其中的都是人，存在并温暖着，是都市夜晚的另类怀抱。

人到中年后，身上的血性减退，生活中习惯于示弱，这一切造就了性情。但也没有什么可耻，因为你保持了一颗善良的心。我们要去掉的是心的软弱，而不是它的是非观。中年之后，一般人常有下坡之感了，比如在球馆中，那些老牌高手常常被一些新冒出来的年轻人打败；比如在单位，某些部下眨眼就成了你的领导。"久雨不知春去，一晴方知夏深"，这句话看起来是写季节，其实又何尝不是写人生际遇。

中年是生命曲线上的极点，凝重、宽阔，因为认识和了解自己，很多思想问题迎刃而解了。中年，放慢了匆匆的脚步，不愿刻意证明自己，认为自己接纳了自己，就等于让世界接纳了自己。

晚上在家中读《乌衣风与天柱山》，乌衣风是马一浮的学生，他的爱妻因移情别恋弃他而去，身心重创的他因闲看蜘蛛织网而联想起在天柱山看到过的结绳采药的贺氏兄弟，那蜘蛛之身幻化出悬在崖间的贺氏二人，因而萌生遁山做隐士的念头。他辞去都市繁华，在独自前往潜山的水路上，留下这样的诗句：月出寒云江不迷，江声月色共高低，嘉陵江水峨眉月，水向东流月向西。

不知为什么，我一看到这几行诗，全身毛孔都为之一紧，青年乌衣风临江伫立的寂寞身影，仿佛近在眼前。就是这一选择，决定了他与天柱山的一段情缘，他孤寂而有为的一生由此拉开序幕。他历经人生风雨，婉拒多次入仕机缘，直到晚年他写下了50万字的《天柱山志》。我一直想得到《天柱山志》这本书，一直无缘得到，我在乎的事总是听天由命。

乌衣风挫折后选了一种别样的生路，走出超越寂寞的风景。文字是一个文化人眼中的花朵，如果你注重精神世界的纯度，你会喜欢这样的绽放。

闲
愁

　　"我希望有一天能够避世而居，割断前半生所有的联系。与人类生活在一起，让我深深地厌恶。"收到朋友这样一条短信，我猜一定又遇到什么烦恼，让她感到失落和失望。生活就是这样，谁都有愤世的时刻。我问："谁又伤你了吧?"她说："没有。除了我的孩子，谁也没有那么大本事……我是一停下手和脑就被无限悲哀席卷的人。"我回信："若只是闲愁就好!"

　　闲愁自古就有，是闲出来的。无事可做时，或不知该做什么时，闷得发慌。人闲愁的时候很脆弱、很焦虑，甚至很悲悯。古装戏里的闲愁人生，仿佛声声在耳。

　　听，张生吟诵："月色溶溶夜，花阴寂寂春；如何临皓魄，不见月中人?"

　　莺莺对上："兰闺久寂寞，无事度芳春；料得行吟者，应怜长叹人。"

　　在古代，衣食无忧的青年女子们就是在莫名的愁绪中流连度日的，没有人，包括她们自己不习以为常。很多时候，忧郁反倒给她们增添了魅力，因为只有身份高贵、心灵丰富敏感的人，才能够拥有对人生更多自觉的体察。

或许，无论我们生在什么样的时代，自己活在世上终归是孤独、飘零的个体，任何一个人与你联系的纽带都不是铁一样结实的，这根纽带有时说断就断了，就像最初剪断你的脐带那样由不得自己。爱是一种妥协，是一个人的情感能力与我们目标之间的妥协；是我们笨滞的固守、表达与我们敏捷活跃的思想之间的一种妥协；是实力与渴求、单调与丰富、明确与隐匿之间的妥协。但作为个体的人会因为具备人的自觉而感到骄傲，并且进一步去思考人生、情爱之外的种种命题。倘若人的生活质量以此作为一个重要的衡量标准的话，那么，今天的人们的确不如古人活得更像人。

　　只是，能够生活在什么样的年代，出生在什么样的家庭，谁都无法选择。当今我们时时面临现实的压力，在生活中，莺莺是不存在的。她只有因寂寞难遣、向往爱情而生出烦恼与愁绪。在今天的人们看来，她的种种愁绪都是闲愁，而所有闲愁都是要不得的。如果看见身边有人如此这般，朋友会吼一声：醒醒吧，快去做事啦！

　　现代人是功利的，他们不舍得花时间闲愁了。女人离开数年相恋的男人像离开一个债主，男人看着离去的女人背影道一声"天涯何处无芳草"。偶尔在闲愁上面花点时间，做点姿态，也是像倒车那样为了更好地前进。在我们的人生过程中，你可能在某一时段完全占有一样东西，也可能一生都占有某样东西，但你不可能一生都占有你希望得到的东西。有时候占有的越多，压力就越大，占有的感情越多，就会因承受不起，为情所伤。

年轻人在炫耀他们青春的时候，可以向父母长者展示一种叫闲愁的东西，展示一种无所作为、甚至弃绝尘世的姿态。但他们的闲愁看起来却闪闪发光，咄咄逼人。他们自己心里明白，只要青春依旧，任何时候想回头、想进取都还来得及。

多数人认为，比较纯粹的闲愁，只能是某类生活无忧的女人的专利。男人若沉湎其中就有些搞笑。

古时候没有人鼓励女人去独立，因为那时好像没有独立和依从之别。从前的女人和男人有一种相当天然的和谐关系。比如莺莺，就从来不必担心张生会因她不能够赚钱而小看她。那时社会上流行着的虽是"男尊女卑"，而在家庭之内，夫妻之间，似乎并不缺少平等。

如今社会在鼓励女人独立，但实际上更加鼓励女人去依附。利益是第一位的。那么只要能换来金钱和安逸，依附也是一种足以耀人的本领了。

随着社会发展，男女差异有可能缩小，也会有更多男人加入原属于女人的某些专业行列，比如傍大款之类。报载重庆一位女黑老大手下就包养了十六个俊男供自己玩乐。从此，识得闲愁的男人将渐渐增多。

人类文明和进程大概从闲愁上也可窥见一些端倪。

爱，没有许多理由

曾经在网上读过这样一首诗，诗名叫《伊犁女孩》。不长，十六句，却在我心头留下悠长的回味：

> 是谁采来一棵乌斯玛草／染绿了你的黑眉毛
>
> 是谁弹响了卡龙琴／和你一起唱那古老的歌谣
>
> 是谁偷来一缕二月春风／吹瘦了你的杨柳腰
>
> 是谁敲响达甫鼓／和你一起跳那青春的舞蹈
>
> 你的眼睛是堆燃烧的火苗／日日夜夜在我梦里闪耀
>
> 你的酒窝是熟透的葡萄／甜蜜滋味叫我睡不着觉
>
> 伊犁女孩，我真的好想／一辈子都在戈壁滩上落脚
>
> 让你长长的辫子／永远将我的心紧紧缠绕

在我们心底，在最初苏醒的情感里，我们差不多都有一个这样的"伊犁女孩"，明媚、诗意、纯洁、光辉……爱不欲生、痛不欲生都是在这样的时

辰诞生的。后来呢？后来一切都平淡下来。许多人都埋怨，都是因为婚姻！其实，婚姻并不是扼杀爱情的坟墓，是我们对婚姻的态度扼杀了爱情。我们以为只要把爱扔进婚姻的屋子就会永远拥有爱的感觉，结实的、信任的、不用担心被背叛的……谁知时间会让所有活色生香的爱落满尘埃。猜疑、琐碎、伤害、疏离，还有困顿都是这样的尘埃。于是疑惑和烦恼，怎么会是这样的呢？在时间和柴米油盐的生活面前，爱情一寸寸彰显出它的脆弱与真实。一天一天，一年一年，或许就在某个激烈争吵或是长久冷战后的午夜，听到从对方口中吐瓜子壳样吐出两个不太可口的字：离婚！

还是在网络上，我看到另一首更短的诗——《无题》：

爱了 恨了／女人终于想开了

醉了 醒了／男人终于想通了

两双手握紧了／两颗心靠近了

受了 够了／女人知道长短了

做了 错了／男人知道深浅了

两双手松开了／两颗心想逃了

女人走了／男人胡子长了

男人走了／女人头发短了

女人走了／男人自由多了

男人走了／女人牵挂少了

但是生活并不都是这样，更多的人会选择厮守。这不是说责任心什么的，而是理智告诉人们，每个人在婚姻里最大的缺点不是缺乏忍受挫折的能力，而是缺乏避免挫折的能力，新的婚姻会有新的挫折难以避免，婚姻的缺陷根本就是人性本身的缺陷。有谁能够做到一辈子活在爱情里？男人不能，女人其实也不能。

就这样，我们一路走来，一年一年，心静如水。直到有一天你遇见她，没有预兆，没有企图。你突然间感到情感上又有了一种呼唤与应答，投奔与收留，倾诉与理解。你惶恐不安，你渴望期待，你贸然地打乱秩序走向未知。你与她身心都有不敢懈怠的紧张，却又不想离开。这情形长了就有些感人的意味，好像各自在诉说着各自的难处，请求对方让步，彼此都明白，这没有什么出路，于是便疏离开来，可是疏离开来才发现她的那些信，那些电话，那些笑容，那些不伤人不媚人的小思想、小头脑、小智小慧和温顺可人的小喜小悲、小灵小秀早就成了贴在心口上的膏药，没有了，心会痛。你还发现自己根本就没有自己想象得那么坚强。你在心里一千遍一万遍地说：其实是为着长远的利益而分开，其实不妨抓住眼前的欢爱，虚无就虚无，过眼就过眼，人生就是攒在指间的水，眼巴巴地流逝，没有什么千秋万代，想开了，人就是自己情感和欲望的奴隶。

你向她走过去，她把手伸过来。你也许只能采撷一缕春风，可是你要了她的整个春天。你就无法不背上内心的沉重，在爱的旗帜下，你依然能感到罪恶与疼痛。我们都是凡人，欲无止境，贪得无厌。抉择的时候来了，相濡以沫还是相忘江湖？你发现，无论哪一种选择都不是万全之策。没有一劳永逸，没有不劳而获，纯粹的满足的幸福，只能永远是精神层面上的瞬间感觉。在男女欢爱上，许多你以为的天长地久其实与爱关系一点也不大。相忘江湖，看似恩爱了断，但或许还能更好地在内心拥有，是一种沉静的状态，恒久而稳定。但你最终还是要目睹她的离去，还是要深深体会那种不舍。说心如刀割，太浓；说惆怅满怀，太淡。

爱一个人是理想，爱一个得不到的人是命运！

有一天，在家和老婆看电视，不知怎么就聊到爱情这个话题，老婆问：爱情是什么？这时候电视里演小品的高秀敏用东北话答道：爱情，就是一个正常的人突然生病了。我和老婆开心大笑。想想这个爱情快餐的年代，这样调侃真是不无道理。

　　前些日子，我收到一个朋友的短信息，是从网上转来转去的那种，是游戏爱情者的另类告白：高山一枝梅，到底你爱谁；我要跟你处，谁也挡不住；处了我就黄，我就这么狂；黄了我再处，我就这么酷。若果真如此，任谁都会失去感受真爱的能力，那时世间还有什么能打动得了你？在爱之旅途上，永恒的不是孤独，不是厮守，而是祈祷……让我们为爱情祈祷。

　　爱，没有许多理由，但爱不能没有理由。总会有温暖的怀抱，值得你纵身一跳。

书里的爱情

　　把那套书从书架上取下来，发现白色的纸张有些发黄了，很多空页上还留有自己胡乱涂写的话语。"这是一种没有来由的倦怠，这样的感觉已非一日，那是被连串空泛的琐事堆积在心底的一个堡垒，禁不住连日的雨水一冲，便在心里乱七八糟地奔流起来。为什么总也摆脱不了郁闷的心绪呢？"

　　那时，我多大？二十，还是二十二？就像很久以来我就迷恋的远足撒哈拉沙漠的女人——三毛，不是很美丽，偏偏风情万种。她遍及世界的足迹令我神往，她流浪的歌声总在心头挥之不去。直到现在，偶尔和朋友聊天时提及她，忍不住会轻轻叹一声："哦，三毛啊……"那语气仿佛她是相识已久的朋友。

　　仍能清楚地记得看《雨季不再来》的落着大雨的下午：雨季到来的时候，万事万物都变得潮湿黯淡，心情被分不清快乐悲伤的氛围浸染着。现在，是多少年后的梅雨天了啊！原来真的会有一些人和事能在记忆里鲜明地存活着。

　　除了三毛的书，还有一套女人的书——《张爱玲文集》，可能是盗版，地摊上买的，纸质也很粗糙，有些地方还有空白，要猜着读，但文字能吸引我，也就顾不得这些瑕疵了。《红玫瑰与白玫瑰》中的振保，不过是红玫瑰生命历程中激情相遇的过客，徒留一段刻骨铭心的残缺败落的爱情；在白玫瑰的身边，他成全了一个没有爱情但完整的家，最终从原先道貌岸然的风光表面沦落到胡作非为的自求安乐的境地。

另一场战乱时节的《倾城之恋》，一对在心底较着劲儿算计爱情的男女，终于逃不过环境对人性的制约，平平淡淡地结成一对柴米夫妻。范柳原和白流苏从此相依相伴地过起简朴的日子——曾经令他们迟疑又向往的居家生活，在那样混乱不安的城市里，他们的心反倒安定了。

我相信男人里也有不少人和我一样喜欢三毛和张爱玲，这是两个用文字延续了生命的女人。后来还读了一些网络红颜写手的小说，这些漂亮的女子大半处于情感混乱之中，生活在香烟、烈酒混杂的酒吧里，常常置身于高档的写字楼与饭店之间，然后遇上一个又一个男人。于是故事来了：欲望、追逐、满足、堕落、重生……周而复始地在游戏人间的麻醉心灵的痛楚里寻找迷失的自我。这些女人像折翅的天使一样躲在黑暗的城市角落哭泣，然后在另一个清晨仿佛大彻大悟忘了曾经为爱受的伤。

现在流行着安妮宝贝的网络小说，如一株生长在荫蔽角落的植物，肆意尽情地成长，却无法长成阳光中的健康姿态，常常美丽到一半就凋谢了，像一朵没有尽情绽开的夭折的花朵，清楚真相和不清楚真相的人都会产生一种隐隐的痛觉，而且叫你说不出谁对谁错。一个夏末的黄昏，我坐在家中地板上看她的新作《八月未央》。就在那八月未尽的时光里我被她的文字弄得欲罢不能，热烈与冰凉的情感纠缠交替着。书中明明是一个喜欢阳光的单纯女子，偏偏枉费心机似藤蔓般缠绕着一个如荆棘一样没有血性的冷漠男人，这么痛苦的纠缠，到头来除了分离别无选择。从开始到结束，这些故事到底与爱情有没有关系？或者爱情真的就会冷漠到眼中只有一个自己？

　　这么多人的内心都在挣扎，又不得不守着某种理念孤苦地生活，一阵阵泛酸的苦闷就此压抑寻找解脱的念头，不给自己重新开始的机会。其实，有些人在生命里出现过，然后消失了；还有一些，停留了很久，然后也消失了。可是，总会有人留下来。爱情，除了寻找，也要等待。相爱，除了厮守，还会改变。

　　书店里的新书角里来了一个深明大义的张小娴。她是女人，但她不针对男人，她也不偏袒女人，她只站在爱情的一边，替为爱受了伤的人解围。给爱着或爱过的人们提示。她不说："我热爱爱情，却不相信它。"她相信承诺，喜欢一切美好的东西。她用简洁明了的语言，神态自若地说："不如，你送我一场春雨。爱，从来就是一件千回百转的事。"

　　谁都没有许多机会去重复曾经的甜蜜与痛苦，因为没有人能确定明天将发生什么事，也没有人能确定到什么时候才能成就一个希望中的自己。爱情只是生命中的一部分，没有了爱情的生命注定苍白。有人痴痴地问："有多少人值得等待？有多少爱可以重来？"谁知道答案？

　　还好，有许多人乐此不疲地追寻爱情、书写爱情，平静的生活因此有了小小的动荡，平凡与不平凡的人们一样会在爱或不爱中受伤。给自己一个美好的愿望：在爱中成长，在爱中老去。

手机的一些事

手机是需要的，几乎与房子那样必需。曾记得伟星置业有一则房产广告，画面上一男一女，女青年扯着男友的领带，旁白：不买不回家！很多人看了都会心一笑。其实除了房子这样的大件外，很多男士热恋时也送过女友手机的。

我是1998年1月22日加入手机一族的。当时我坐在办公室编稿，同事让我陪他去买手机。买到手，他就往家里打起来，那样子很幸福。他见我眯眼望着他，就怂恿我也来一部，我说没带钱，他把鼓鼓的钱包往柜台上一甩，钱有！于是，我就有了一部黑色的诺基亚。

就这样一个平常的日子，我毫无预谋地完成一种在我当时看来比较奢侈的拥有。几千块呀！曾几何时，看到街头那些手持大哥大，边走边喊的人，总是一脸不屑。有人说穷人总是讥讽富人的富有，我就算一个，后来虽淡了，却觉得"手机族"离我很远，当时我不去异地跑采访，通常是在办公室编稿，不是很需要手机，没想到真买了手机也能拥有一天好心情。

生活中有许多东西拥有了也就拥有了，那种不曾拥有的距离感也就随之消失。后来买车也是一样的感觉。

才十几年时间！没想到手机发展得那样快，眼下手机差不多和女人的裙子、男人的裤子一样普及了。我的那款不能发短信、没有和弦铃声的大手机，怎么看怎么落伍。聚会时，同志们盯着我的手机细看时，我觉得那是一种残忍，因为他们总是用小巧的手机与我的大手机比个头，越比越让我自卑。后来手机又兴宽屏式样，又有了苹果、三星等外国品牌，3G、4G，技术更新之快，总让我气喘吁吁。

有一度街头时尚美眉胸挂手机满街漫过来，当时自己三两一只大馍样的手机真掏不出手哟。可偏偏这时就来了电话，滴滴滴的尖锐声，你得掏出来接。看来真应了那句古老的谚语，有三种东西是遮掩不住的：咳嗽、贫穷和爱情。

我知道我想换手机了，我不能显得那样贫穷。虚荣和媚俗从来都是存在与忘却之间的中途停歇站。可是我的那部手机最后的归宿很窝囊，不是"老死"，不是遗弃，而是被小偷拿走了。真得感谢那个小偷，让我换手机换得心安理得。

新手机可以发短信，你说我们平时会写点散文的家伙哪个不觉得写短信小菜一碟，遇到投缘的朋友，就发个不亦乐乎，如果大家发现我写作水平有所提高，那一定归功于短信，这种字数受限的"信"，由不得你不删繁就简，长了，发出去算几条，谁不被逼得文约意丰？你瞧下面几条，都是我的杰作。"从不为有危险的美丽驻留，女人谁能做到？""幸福就像刚打开的短信，每一次都是新的。""聪明意味着恰当的时候追求恰当的目标。"

你瞧瞧，不赖吧。有人把手机短信称为拇指文学，我觉得有道理。从这一层看来，文学应该感谢手机。作家刘震云更应该感谢手机。他写的《手机》给冯小刚倒腾成电影后，一下子就出了大名。他把那些利用手机联络女人的男人的秘密全抖落开了。有朋友说："我真不该带老婆一道看，进电影院还手挽手，出电影院门就不理我这个夫君了。"我也问自己，我是严守一吗？天地良心，我不是。但要我把手机让老婆保管一周，我还是有点心虚，万一哪个女人发个短信什么的，用上海话说：侬拎勿清的！

敢于把手机给老婆保管的男人肯定有，苏州作家车前子说过一句话很有味道，他说："有的人一生爱的能力只够做一条短裤，而有的人是开布店的。"只够"做短裤"的男人把手机给老婆保管，他肯定不怕；那么"开布店"的男人就不敢吗？也敢，只是他包里还藏着另一部手机，这就是男人与男人的区别。问题是介于"短裤"与"布店"之间的男人该怎么办？

其实，说句实话，男人坏不坏，与手机真的没多大关系。手机流行才十几年的事呀！姐妹们，别说男人的手机是用来撒谎的；哥儿们，也别总怨都是手机惹的祸。手机就是手机，不过是一种通讯工具，老版的《现代汉语词典》上都找不到它的名字，不信你查查，至于"手机"一词的释文我就不说了，亲们都知道。

写微博

我跟时尚总是慢半拍，写博客那阵子，别人玩微博，如今我写微博时，人家又热衷微信了。当然，我也有微信号，不常上，偶尔发些手机随手拍的图片。我喜欢写微博，可以有些描写情景与抒发感想的文字，因为字数限制，必须精炼，对于我这样一个做了几十年业余作者的人来说是必要的，至少可以练手，以前写日记，现在完全被微博取代了。看看我这个夏天里的几条微博，能反映我日常的一些生活状态：

"天气真热，持续摄氏37度！狗狗吐着大舌头散热，人也躲进空调房间。不知为什么这么热的天，蚯蚓总喜欢游荡到水泥路上，毒热的太阳出来，慢慢就变成蚯蚓干。"这是小区看到的。

"值夜班，十二点前总是安静的，我习惯于拿出书法水写布临写《倪宽赞》，一年多来，一直写它，该帖中锋提运，笔画挺拔，值得日复一日反复临写。临一遍约三百字，约一个半小时，每回都不觉时间慢，写完它，布上只留下几个残字，都随清水蒸发而去，但那些对字的记忆却留下了。每个字都成了熟人一样。"这是深夜时我的晚课。

"天空水白，大雨如注，每到江南梅雨季，总忧心水患。可能跟从小生活在水乡有关，破圩惨景，留在记忆与听闻里。在露台，每天看到的是长江北去，陡然宽阔起来的江面，它的转折处宛如大海。长江由此改变走向，大江南北变成大江东西。与水相伴，敬水也畏水。雨，别太猛烈吧！"这是前些日子雨水太多，看江水暴涨的心情。

　　"适度保持童心吧，你不介意时光，时光就不太介意你的变老。多好的季节，玉兰伴着栀子花，在初夏盛开，同样又白又香着的还有茉莉，与茉莉比肩开着红花的是三角梅，立夏后露台养鱼池也丰富了，睡莲开了，水葫芦绿了，鱼儿藏进水草中。坐在这样的露台上，是可以放飞一些梦想的，不要觉得迟了什么的。去做，就会有收获。"

　　…………

　　这些微博都是即时见景生情的流露，发微博的工具是随身带的苹果手机。如今我发的微博近千条，粉丝数也从几十变成几千，互粉的人里面既有重量级的大V，也有文化名流与当红作家、编导。浏览好友的微博，也成了我获取信息与知识的美好通途之一，它几乎跟书一样给我滋养，更给我滋味。有个叫【怀念80年代】的博友发微博说："80年代，药是可以治病的，医生是救死扶伤的，照相是要穿衣服的，借钱是要还的，孩子他爹是不用做鉴定的，学校是不图挣钱的，有了病是看得起的，住房是单位分配的，结婚了是不能再找二奶的，肉是可以放心吃的，老鼠还是很怕猫的，人还是有良心的。"这样的文字，常常让我们这些60后莞尔一笑，那种曲曲批评世风的俏皮，格外深入人心。

　　好的微博你记在心里，可以信手拣来运用。有一阵子希望在中央美院学习的女儿用功些，好好准备与导师合作的画展，她嫌我总是要她用功，不关心她的内心，那阵子她学画有些苦恼，也因此与同学缺少交流。我刚好看到这样一条微博，就转给她："孩子，我要求你读书用功，不是因为我要你跟别人比成绩，而是因为，我希望你将来会拥有选择的权利，选择有意义、有时间的工作，而不是被迫谋生。当你的工作在你心中有意义，你就有成就感。当你的工作和你的时间，不剥夺你的生活，你就有尊严……"这是作家龙应台的话，我是在别人微博中看到的，当时借用一下，特别能表达我的心思。我还跟她说："你要学会交流，人家愿意跟你相处的原因有：第一，你能带给人家实用价值。第二，跟你相处能打开眼界。第三，你能倾听别人的想法并发表有价值的见解。第四，你能充分认可别人的价值。第五，你能带给人家愉快的心情。凡遇事，知道的不要全说，看到的不要全信，听到的就地消化。久而久之，气场自成！"微博就像智囊一样给我提供主意。

如今，我还是天天写着微博，与博友们交流互动。一些不想给别人看的，就设置成只有自己可见，它们就像私密的日记一样，锁在那里自生自灭。

随风而逝的情缘

他第一次请她喝茶，是那年春天。他收到她的信息：我要你请我喝茶，希望你能答应我，否则我将把你的手机号写在墙上，前边再加两个字：办证！还要喝好的，要不然就写：征婚，条件不限！

喝茶的地方，有许多佛，各个朝代的佛，是石头与木头刻的。她问他如何看待宗教与科学，他说，科学进一步，宗教就退一步，或者是别人常说的宗教追求美，科学追求真。她笑，说这有点像女人与男人。我看她，她说，女人的性每前进一步，男人的爱便后退一步，女人也追求善，以贞操回报爱情；男人也追求真，不改雄性动物的本性。

他说："这就是你选择独身的动机吗？听起来怎么像弃妇心语。"她说："思想家斯宾塞终身未娶。有人问他不为他的独身主义而后悔吗？他愉快地说：'我为自己的决定感到满意。我常这样宽慰我自己，在这个世界上的某个地方有个女人，因为没有做成我的妻子而获得了幸福。'当然，如果我真选择独身到底，绝没有他那么高尚地替异性着想。我只是怕，以我的颓废的脾性和一个男人整天厮守着，很难将日子过得蒸蒸日上。我喜欢都市酒吧，喜欢灯红酒绿，喜欢看见放纵与疯狂，喜欢自由地表达自己的情绪，喜欢单纯的坠落，喜欢那种自然而又残酷的社会景观。我的生活不想少了喧哗的夜色，否则我的消沉无处发泄；也不愿为人左右少了平淡的从容，那让我的沉静无处落脚。"她用食指与拇指捏着茶杯抿了一口。柔和的灯光里，她的眼神让他吃惊，为什么里面包含了那么多内容？那里面的迷茫深刻地震撼了他，而且她还那样年轻和美丽。

第二次是唱歌，那已经到了夏天。傍晚时分来了场暴雨，暮色非常短促，几乎骤然而至。练歌厅的灯光，柔和又暧昧。她身上有一种青春的线条，有一种由于本色的腼腆而泄露出的幸福感。他为她唱了一首歌：塞纳河水在密拉波桥下流过／我们的爱情啊就像那河水一样／日已落，钟已鸣／疲惫了苍茫的时光／从我们的脚下流逝……她说："你说话时声音一般，没想到唱歌这么好听。"很久了，对他来说，现在惟一的音乐欣赏时间就是在忙碌中按一下键，音乐自然地流淌，不去细听，不去咀嚼，流过的音乐就像浅浅的风铃作响，不会惹起伤怀，不会勾起往事，歌声只起了洗刷其他噪声的作用，他已经不会用心体会了，更别说音符撞击心扉这种微妙的感觉……

他们的话题又转到文学上。她说："我写，最多能够留下一半的记忆与思想让我悲伤；我不写，一切都不复存在。在悲伤与虚无之间，我选择悲伤。"这个他懂。她又说："沃尔芙说伟大的脑子是半雌半雄的，一个写作的人只有把男女两性的力量在精神上结合在一起，才能毫无隔膜地把情感与思想传达得和谐而完整。"这个他不太懂。

他越来越喜欢与她交谈，属于两个人的秘密与空间越来越多。她一如既往地不够彻底地颓废，并且一如既往地崇尚小资情调。他不以为然，小资追求来追求去的"商标生活"除了对质量的高度重视，喜欢物质享受所带来的心理快感，无非就是脸面。而他喜欢运动中的汗水和欣慰。

冬天来了，金黄的银杏叶子落光的时候，他们结束了。这个季节他偶尔挽着妻子的手走过满地银杏叶子的街道。她给他发来信息：世上其实只有妻子是可以相濡以沫的，其他任你是谁都不行。她在他还青涩的时候就痴迷着他，在他还清贫的时候就守望着他；他是她桃红柳绿之外恒久不变的青墙碧瓦，她是他院子里开着谢着的四季故事。而我，不过是他们院墙外剥落的一点朱漆……

　　她离开了这个城市，如一阵风刮过那年的天空，从此他手机上的信息也如这个季节的银杏叶一样凋落了……

三个阜阳女人

　　约稿让我写阜阳女人，这有点像乡村医生做论文，有些材料不足的意味。因为我认识的阜阳女人很有限，加起来只有三个，好在三个女人与我的生活远远近近地都还有些联系，而且一个不像一个，说不定个例中会找到些共性的东西也未可知。

　　先说说第一个阜阳女人。她是我刚走上岗位的科室领导。那时我十九岁，她大约四十岁，在我的眼里她是个老女人，她也把我当成小孩子。偶尔在我跟前换白大褂时，无所谓地露出皱巴巴的文胸，不把我当回事儿。她黑黑的，纺锤样的体型，有两条很粗壮的大腿，嘴唇有些厚，眼睛是三角形的，家乡口音重。最初那个夏天她留给我的印象很糟。她常常在我的跟前说科室其他同事的不是。但他们一进来，她立即热情地打招呼，好像刚才根本没空谈他们一样。后来时间一长，觉得她没那么坏，食堂伙食差，她会带些菜给我吃。我还吃过她做的那种个头特大的枕头馍。不过工作上她很计较，不愿多做事，当头儿，却比别人来得迟、走得早。她很爱她的丈夫，常常削甘蔗与荸荠，自己不吃，说她丈夫爱吃，一见到丈夫就显出那种与她体形不相称的小鸟依人状。她没有孩子，后来她丈夫得病摘除了肾，她毫不犹豫地分给他一个肾。第二年她就随丈夫一起调回老家。临走时，她到领导那举荐我接她班，说我人好业务好。春天，我还收到过她寄来的贺年片，之后就音讯渺茫了。

二十九岁时我认识了第二个阜阳女人。当时她不是女人，是女孩，很美丽，而且文才了得，那会儿就在省主要文学刊物上发过小说散文，我读过的，所以就多看她几眼，大眼白肤短发，青春朝气，只知道江南出美女，没想到阜阳也出美女。那个会议上许多人都注意到她，她羞涩的浅笑照亮偌大的会议室。她走在阜阳大街上，像移动的草坪缝补着灰色的道路。后来还听到几则关于她好的和不好的传闻。从那时到现在，她一直在写作。我们交谈过，同桌子吃过饭，彼此编读过对方的文章和书。一个人的真实，只在某一点和他人的真实交叉，对于我来说，她的真实更多的是行走在文字的风景里。

三十九岁时我认识了第三个阜阳女孩。她去朋友的公司应聘，是夏天，水红的短衫映照得脸庞娇嫩无比。她有丰满的臀，高高大大的样子，让我对习惯了的娇小顿生不屑。我对朋友说：你得留下这个女孩，多赏心悦目！后来她真的被录用了，是凭成绩留下的。有一次朋友带她与我们一起吃饭，没想到她倒是能喝酒的。酒过数巡，席间一个朋友说：这年头坏女孩令人烦，好女孩令人闷，这是她们惟一的区别。没想到她反唇相讥：从年轻开始，你们男人只会变老，绝对不会变好。我们几个男人，看了她一眼，哈哈大笑。桌上另几位女性却漠然，不知笑为何生。谁也不知，那时，她刚刚经历一场爱情盛开后的凋谢。她很不喜欢男人们借着酒精对女人"知法犯法"的言行。后来她从朋友的公司跳槽去做了一家房产杂志的编辑。在背地里，我们都觉得她很性感。她的性感，不是那种暴露敏感地带的浅层次的性感，浅层次的性感对女性是有害的，女作家毕淑敏呼吁"拯救乳房"，其实是拯救女人。乳房的裸露使人失去第二性的特征和高贵的神秘感。她让我们感到的那种性感，是性感的韵致和灵动的感觉，在她的身上，大到气质、风韵、谈吐，小到一颦一笑、梨涡浅现，都能让你感受到女性荡漾的张力，她的性感可以来自眼神或抚摸长发的姿态。

肆

芜湖

芜湖的水

芜湖紧依长江，又被青弋江环绕，是个水资源丰富的城市，自古就是中国的四大米市之一。南来北往的客船商船在这里停下来，人多物丰，水上漂来不尽的繁华，码头上各色的人从水跳上来来去去。这个城市在水光里就显出活力来。那时芜湖的江面上还没有造桥，江里有风帆船、小渔船、小火轮，打鱼人摇着橹在苇荡边忙着撒网，风浪时常见几叶小舟在江面上浮沉，白鸥在江面上低飞。江心洲上云蒸雾绕，屋舍若隐若现，仙境似的。

到了晚上，江上就只剩下点点渔火，像南京秦淮河上的那种载着艺妓的画舫是不多见的。岸上倒是有些不夜的去处。自古才子多风流。像芜湖这样一个商埠城市，最是风花雪月的温床，更何况芜湖也不乏吟诗作画的文人雅士呢。

但芜湖人吃水却并不方便，直到20世纪80年代初，你还能看到散落在居民生活区的水站。水站是水厂办的，一间小房内伸出个自来水笼头，许多居民排队大盆小桶地接水回家，常常是大人有事叫小孩子早早地排着，那些个孩子没少为争不到先生气。直到家家安上自来水后，水站才退出历史，眼下已经看不到这样的水站了，二十岁左右的年轻人已经不知水站为何物了。

芜湖总是皖境中得风气之先的地方，就是到了现在，芜湖也是一样走在前列。你是不必去开发区看的，那是这座城市经济的旗帜，你只要看看芜湖的水面发生了什么变化就可以了解一二了。你就随便看看市中心的那汪镜湖吧。那儿的喷泉是七彩的，那儿的垂柳像舞女一样轻柔，那里的茶楼通宵都有着迷人的灯光和音乐，那里的公园欲望和风景一样多。这个湖是个旧时会做诗的大地主捐出的几百亩田土疏浚而成的，它的秀丽成了这个城市一张明媚的脸，但是很久没有人为他在湖边塑座像，现在终于有人想到了，他昨天开始出现在鸠兹广场的草坪上，他深情地望着一湖碧水叹息样地自语：八百多年啦，故乡水哟，故乡人哟！他是谁？说出来你不会陌生的，因为他不止属于芜湖，他还属于中国的历史。他就是南宋状元著名词人张孝祥，被奸相秦桧罢官后，就一直住在镜湖边的归去来堂，一湖水漾着他一湖的诗情。不过今夜面对镜湖他一定是认不出来了，湖对面的步行街和那些西式建筑，还有茶楼里飘来的洋文歌曲，一定让他不知湖边是家邦。月光在步月桥下流淌，烟雨墩犹在，但他还能寻得见他的归去来堂吗？

芜湖的水在时光之水面前永远流淌着，流去许多又带来许多，这个两江（长江、青弋江）一湖（镜湖）相拥的城市，只要水不枯断，它就会一天一天从繁荣走向繁荣，就会永远是一位江南美丽的女子，水灵灵地散发着一股幽香。

芜湖的老街

提起芜湖的老街，芜湖人总是如数家珍：花街、儒林街、南正街、南街、西街、西内街、笆斗街……十里长街，但如今你要是说带我到老街去转转，看看古色古香的老街，芜湖老乡就面露尴尬之色了。皆因这些老街不是随着城市建设消失了，就是老街虽在，破落得也只剩下些昔日的遗痕了。

我不是在芜湖长大的，我是成年以后才进居芜湖的，我对芜湖的老街老巷没有太多的真切记忆，但却有浓厚的兴趣，我喜欢那些临街的砖木结构的徽式小二楼、鱼鳞黑瓦、马头墙、镂空雕花的木窗、钉着铜环的厚实的大门，还有狭窄的铺青石的街面，各色各样的店铺，琳琅拥挤的商品，酒馆、澡堂、老虎灶……一切都浮着俗世的亲切，让人心里格外熨帖。我曾经因为迷路走进过花街，花街建于宋代初年，坐落在芜湖古城南门中心区，因专营篾器、扎彩灯而闻名，成为竹器业一条街。花街两侧多为居家的店铺，依旧还见得到许多竹器。走在狭窄的街道上，仿佛走在某个小镇上，时间在这里似乎有些静止不动，那些坐在门口晒太阳的瘪嘴老太，仿佛遗世独立，与喧闹的市区好像隔着一个世界。位于青弋江南岸的南街更是芜湖米市兴衰的见证。

　　不过真正能够代表芜湖这座商业都市文化的老街应是十里长街。芜湖长街形成于明代中叶，至今已有五百多年历史。它东起高城板，沿青弋江北岸伸展，西至宝塔埂，有一个高三十五米的砖塔，曾是古老芜湖的标识，长街就在这里煞尾，据说这被称作"中江塔"的灰色宝塔是为了镇留住滚滚涌入长街、涌入芜湖的四方财源。十里长街店铺林立，市声若潮。最有名的店铺要数著名徽商阮弼开设的大染房，是当时芜湖的浆染巨店，被史学家翦伯赞称之为明代全国五大手工业区域之一（即松江的棉织业、苏杭的丝织业、铅山的造纸业、景德镇的制瓷业和芜湖的浆染业）。此外，还有张恒春药店、胡开文墨店等全国知名的百年老店。徽商的介入，更使得大江南北的商人争先恐后来芜经商，一时间围绕长街的青弋江与长江边的码头商家云集，人流如潮。长街上那些雕花木窗边出现的脸面变得越来越都市化，不再是一味的芜湖本地的男人和女人，吆喝声也是南腔北调。

　　可惜的是，随着城市建设的发展，长街老商铺老房子都拆掉了，新建的长街虽然还是繁荣得很，但失去了老街的风貌，失去了那些徽文化味很浓的砖木建筑，总让人心里有打碎古董的心痛。好在芜湖人又从新崛起的步行街、鸠兹广场、长江大桥、奥林匹克公园、经济开发区中重新找到了城市的骄傲。芜湖的老街是老芜湖人心中不逝的往梦……

广济寺散记

　　芜湖赭山南麓有一个著名的千年古寺叫广济寺。这是芜湖境内香火最旺的寺院。我的老母亲常常去那里烧香，也帮着做些佛事。广济寺素有"小九华"之称。唐高宗永徽四年（653年），朝鲜新罗王子，高僧金乔觉渡海来大唐，曾在此结茅驻锡，后往九华山，圆寂后，佛徒尊其为地藏王菩萨应身，赭山结茅处改名永清寺，唐昭宗乾宁年间（894—898年）赐名广济寺，距今已有1千多年的历史，其间沧桑兴衰无数，从古老的鸠兹走到今日的新芜湖，可谓佛界圣地了。

　　我也常在休息天去广济寺，陪老人烧香，买票进门后总悄悄找一个地方坐下来，仰头看那些参天的古木，印象最深的是银杏和榆树，树冠覆一片很大的浓荫，一年四季仿佛都有鸟栖鸟鸣。石阶两侧长着绿苔，有些长得很好的蚂蚁不急不慌地爬着。有几丛竹子，里面有一座坟冢，不知是哪位法师终地，我就坐在坟墓边，看书，或者看寺院后开着的许多无名的小野花。有时还绕到大雄宝殿后看赭塔，这是一座高出林表的砖塔，是宋代邑人孙日汇所建，塔里面供的是金乔觉的像和他的坐骑谛听。我注意到塔面上的许多砖雕佛像被人为毁坏，有的是见首不见身，有的是见身不见首，都是"文化大革命"时被人当"四旧"破的结果。每一次看了都觉得可惜，觉得遗憾，觉得保佑人的佛有时更需要人的保佑，现在是依样修过的，但不改古塔苍灰的基调，在晨钟暮鼓里赭塔晴岚向被芜湖人认做这个城市的十景之首，我倒是更喜欢黄昏时有着暮鸦盘旋的赭塔剪影，那种超然世外的静穆，让深陷尘世的心灵得到一种沐浴和抚慰。

我偶尔也到寺内去，但不喜欢磕头，只一次我朝文殊菩萨拜了几拜，当时我想让他保佑我文心敏慧一些，觉得自己老是写不出好文章来，但后来又有点后悔，写文章的事怎么好找菩萨呢，还不是要自己多写多悟。通常情况下，我进这寺就四处看看。有次我看到一块石碑上有一个清癯的老人像，有长长的须，有细细的眼，一身朝服不是布衣，一看就知不是佛门中人。读碑文才知是写了《壹斋集》的黄钺，我在市图书馆见过该书的木刻本。据说他还是储生时，乾隆南巡，他献的赋列二等，和珅想拉他结党，他婉拒了。进京考进士前，和珅又差人说合，若为其所用可保他点状元，他笑而不言，这下惹恼了和珅，结果他的名次靠后，连翰林馆也没进。嘉庆年间和珅赐死，皇帝召黄钺进京，说："我当太子时，就知道你的名字，你的才华。"结果黄钺官拜军机大臣。我不太清楚的是为什么他的碑要放在广济寺里。

米芾与芜湖

　　因为近来爱临米芾的字帖，也因为喜欢上石头的缘故，对米芾的生平开始关注。米芾是北宋顶有名的大书法家，他的字八面出锋。他也是玩石大家，他对石头"瘦、透、漏、皱"的审美论影响至今，"米芾拜石"的故事更是家喻户晓。

　　在芜湖文化圈子里，很多人都知道芜湖老十二中学校内存有一块《芜湖县学记》碑刻，石碑为宋代原石，碑文为宋代尚书黄裳所撰，而书写人正是米芾。

　　《芜湖县学记》碑是惟一较完好地保存至今的米书石刻，也是米书诸碑中形制最大的，可谓米芾之"丰碑巨制"。其书字法遒劲而韶秀，也含老年的清古从容，代表了米芾晚年的书风。这块碑石，如今还保存在十二中学内，是这位大书法家与芜湖渊源相济的有力见证。

无为城北静静的米公祠

查文献得知，米芾做过无为知军，在那里掌管过地方军队与民政事务。无为划归芜湖后，我有一种莫名的亲切感，忽然觉得这位大书法家、大玩石家与芜湖更近了一些，其实历史早已封存在那里，我只是暗自为宣传人文芜湖又添了一笔得意。在一个风和日丽的周末，与三两好友驱车去无为，一路的麦黄树绿，沟汊复田野。

皖处中国之中部，无为县也处皖之中，南濒长江，北依巢湖，可谓通江达湖。但在过去，这里并不是什么富庶之地。米芾来做官那阵子，无为这个小城仍属于朝廷的边远地区，曾被称作"濡须"，这个名字大家一定觉得陌生。

在无为县米芾书画研究会会长季昌云先生的指引下，我们来到无为县城北门附近，这里有一个不大的院落，深藏着并不显赫的米公祠。院落内有几处石景，其中一处最不显眼的石景，居然就是最有名的"米芾拜石"的那一块。那是一块风化剥蚀得厉害，既像太湖石又似巢湖石的石头，并不比我在苏州、无锡看到的太湖石更好看、更耐看些，可它因为有米芾的深深一拜，名震古今。我在许多画家的《拜石图》中见过它各具姿态的样子，可画中的石头模样没有一块近似眼前的这一块，想来画家也只是凭空臆想而已。如果说当年米芾自画《拜石图》是宣泄内心的情愫，别的画家依样而画多半只是一种景仰和纪念。

不过米芾的确值得世人纪念。初到无为做官的米芾心情很不好，因为无为的"僻陋"超出了他的想象。他在一封书简中写道："濡须僻陋，月十日无一递，无一过客，坐井底尔。"

宋代的无为灾年频仍，有民谣道：好一个无为州，十年九不收；若要收一年，锅巴盖墙头。这既可以看出当地的百姓屡遭灾难，又能看出他们对这片沃土的依恋和期盼。

米芾在无为为官时非常勤勉，季昌云会长曾在他的一篇文章中写道："春耕之前，米芾就率领本军官员举行亲耕仪式，去官田犁田，一是示为农先，二来祈求风调雨顺、五谷丰登。春夏之交，他去郡圃察看播种。农历四月后，即'麦熟梅子黄'时，米芾又催促农民一边收割麦子，一边放水犁田，准备插秧。秋收时节，米芾会登楼观察庄稼长势和收成。"

米芾在无为的两年多时间内，重农、重渔、重教育，辖区内风调雨顺，安居乐业的百姓都说是托米知军的福，沾了米大人的光。米芾听了难免得意，高兴地填了一首《丑奴儿》："踟蹰山下濡须水，我更委佗。物阜时和。迨暇相逢笑复歌……"

时过境迁，一切皆成过往，如今我们来到米芾当年居住过的"宝晋斋"，最打动我、震撼我的就是米芾在书画领域无人替代的成就，不只是他自己书法境界达到的高度，还有他在书法上为后人收集保存的艺术宝藏。宝晋斋前即墨池，池中建六角投砚亭。传说米芾当年听蛙声聒噪甚烦，遂拿砚投之，蛙不复鸣。第二天，"一池碧水变为黑色"，米公题"墨池"碑于旁，故称之为墨池。米芾经常在这里写字作画。米芾崇尚晋人法帖与名画，一生广为搜求，不惜耗费家资，将收藏的晋人法帖勒石上碑，称"宝晋斋法帖"。如今宝晋斋内藏有大量的珍贵碑石，四壁皆精美书法碑拓，那一幅幅精美的书法杰作，之前我闻所未闻，看得我流连忘返，恨不能搬来居住。心想，如将这些堆放的碑石整理后立成书法碑林，将是多么壮观的艺术之林。

米芾的归宿地镇江

做官无为差不多是米襄阳仕途终点站，但无为却并非他的终老之地，他卒于镇江。对于这位中国历史上的大书法家，其艺术成就有不少争议，但对他的归宿地却无疑议。公元1107年，米芾病逝，享年57岁。米公墓在镇江南郊风景区，从火车站乘5路汽车到竹林站下车即可到达。山下墓道有这样一副对联：抔土足千秋襄阳文史宣和笔，丛林才数武宋朝郎署米家山。

米芾的墓为圆形。墓前立汉白玉石碑，碑上刻有"宋礼部员外郎米芾元章之墓"字样，右上为"1981年春日重修"，左下落款"曼珠后学启功敬题"。启功称自己是曼珠的后辈学生。再往山上走，半山腰是四角纪念亭，该亭大小和无为墨池中六角投砚亭差不多。墨池四周鲜花盛开，松柏青青。

现如今米芾传世的书法墨迹有《向太后挽词》《蜀素帖》《苕溪诗帖》《拜中岳命帖》《虹县诗卷》《草书九帖》《多景楼诗帖》等，无绘画作品传世。著《山林集》，已佚。其书画理论见于所著《书史》《画史》《宝章待访录》等书中。

米芾书法自宋代以来，为后世所景仰。其作书谓"刷字"，意指其作书行笔方法与前人不同。米南宫的字就跟画竹一样，使用正锋、侧锋、藏锋、露锋等不同笔法，使整幅字呈现正背偏侧，长短粗细，姿态万千，各得其宜，这样就形成了他的独特风格——"刷字"。我在书临他的作品时，总感到心有余力不足，太多的变化让我顾此失彼。

宋史载，米芾初见宋帝徽宗，受命书《周官》篇于御屏。老米激情书毕，掷笔于地，大声说："一洗二王恶札，照耀皇宋万古。"这口气多大，将

"二王"扔在远处，只身站在这里豪气干云。也是大书法家的徽宗，此前潜立于屏风后，闻之，不觉步出纵观御屏，内心十分佩服。看来人"癫"是需要资本的呀！

在无为，米芾书画研究会是个非常有意义的民间组织，协会旨在用米芾这个品牌为无为也为芜湖的文化涂上一抹亮色。协会会长季先生本人在书法上也有很高的造诣。无为正以米芾书画研究会为载体，联络襄阳（米芾故乡）、镇江（米芾长期居住地），共同打造三地米芾文化圈。在首届"米芾杯"春季雅石鉴赏会上，远在襄阳的米芾第28代孙米学军等赶到现场，参加开幕式。在现场看米学军接受电视台采访时，与一普通劳动者无异，总想在他那张黑黝黝的脸上，找到其祖"米襄阳"的影子。到底什么样才是他的影子，其实我也茫然，时间掩去了一切真相，我们能有的，只是一些文化象征的猜想。

荷叶饭与炒田螺

　　这一款美味不属街头小吃，要另列出来。小的时候，常常跟父亲到城里去吃饭，特别是到老字号的店里吃。我至今都记得同庆楼的汤包皮薄肉鲜，耿福兴的烧饼香脆酥甜……但多年后留在我记忆深处的吃食，却是荷叶饭与炒田螺。时间太长，我也不记得是在哪家老字号店里吃到的，也许并不是那里的特色，但那滋味却一点也不含糊，一回想，齿唇间尚有余香。

　　荷叶饭历史悠久。相传，公元551年，梁朝的始兴郡太守陈霸先，奉命率兵镇守在建康附近的重镇京口，以抵御北齐。梁民众听说陈霸先军队粮食困难，就用荷叶包饭，中间夹了鸭肉，去慰问军队，支援陈霸先打了胜仗。荷叶饭其实就是以香粳杂鱼肉诸味包荷叶蒸之，表里香透，有些地方叫荷包饭。有首竹枝词写道："池塘十里尽荷香，姊妹朝来采摘忙。不摘荷花摘荷叶，饭包荷叶比花香。"荷叶饭可说是久盛不衰。直到现在，我们在都市一些饭店的餐桌上还能吃到，不过都已经作了改进。

　　再说说炒田螺。田螺生活在水田、池塘、河沟里，以外观壳大而薄，壳口扁而有靥的圆田螺为上。它肉多而厚，炒食起来别有风味。儿时家乡有中秋节月下食田螺的习俗。光绪年间有首竹枝词云："中秋佳节近如何？饼饵家家馈送多，拜罢嫦娥斟月下，芋头啖遍更香螺。"老人们都说中秋食田螺可以明目，现在想想是有道理的，据营养学家分析，田螺含有维生素A，因而，食田螺当然有助于明目。和螃蟹一样，田螺也是中秋季节最好，那阵子田螺肥而无仔，食之正得其时。这道菜其实很家常的，不仅在饭店可以吃到，在家里也常上餐桌。

还记得母亲将田螺放在盆里，用清水养几天，每天换水好几次。换水时，要洗去污泥杂质，重新换清水续养，最后一次将田螺洗净后，剁去螺蒂，用竹箕装着，晾去多余的水，过后用旺火透炒配以佐料才好吃。

随着生活水平的提高，各种美食层出不穷，但这些传统菜肴依旧让人留恋。

芜湖美女

因为芜湖的知名度还不够高，这里的美女尚如养在深闺，世人未识。

芜湖的美眉，盘子俏丽，明眸流盼。尤其是二九时尚少女，胸臀以一个最柔和的曲线向前向后画，而且适可而止，总是在她们嬉笑追逐时轻轻颤颤，便恢复原来的形状，那样的弹性与质感，令人感叹。

芜湖女孩身材高挑，却又无北方女孩的块头，腰身纤纤一握，步行街头挽起高大俊男，最是小鸟依人状。饰演小燕子的赵薇成名后，世人惊其艳。其实赵薇在芜湖时，没一点鹤立鸡群的意思。不信你随便到芜湖的哪个街角巷口稍作停留，那些等着买鸡蛋煎饼、吃着糖炒板栗，边走边听歌的女孩，哪个也不比当年的小赵薇逊色。大大的眼，白白的肤，一副美死你没商量的模样儿。中国相书上说："女人眼大，含水，眼神流动的必淫"，若照此以貌取人，芜湖美女则无一完德了。我的理解是，因为这样的女人太美，容易吸引男人，穷追猛打下乱了芳心，反被男人诬指为淫，实如千古才女加美女的李清照诗言："眼波才动被人猜"，这笔账全算在美女身上，有些冤的。

芜湖女孩的美是天然的，不像一些少妇，在自己外貌上着墨比较多。她们最多只是好玩地将头发漂上彩，将指甲涂上油。少妇们就不同了，她们是真心真意地呵护那张脸，维持那点身段。我曾在一篇文章里说，多情者不以生死易心，好饮者不以寒暑改量，爱打扮的芜湖女人不以忙闲作辍。她们工作再忙，家务再多，也不会忘记去做面膜，跳健身操。那些上班远的女人，常常因为化妆误了单位接送的班车，只好心疼着打的去。说心里话，芜湖能有这么多的美女与她们的努力是分不开的。

关于芜湖美女，本市网站还专门有个民间性的论坛，那天上去一看，那真是跟帖如云，不必问，男人居多，这本正常，"若是老天不好色，嫦娥怎占广寒宫？"讨论的结果是这样：芜湖女人美虽美，可是语言不美，动不动大庭广众前出口成"脏"，让一些乍闻"娇语"的外地人大惊失色，也让芜湖美女的形象大打折扣。世人认可的是姑苏女子的温婉，海派女子的端庄，甚至米脂婆姨的性感。其实芜湖的白领丽人们已不在此列，最是出口成脏的当数芜湖"小姐"。

说到芜湖"小姐"，这是芜湖女子的另类。她们是一个城市的经济文化发展到一定地步的附庸，像这座城市高楼的阴影。在这座城市里，她们完全无须具备什么身份，不需要操什么口音，在灯红酒绿的娱乐城，她们与你肉色地调笑，不管你衣裳是否光鲜，是否乱吐痰、说脏话，这都没关系，她乐得与你一样吸烟、说脏话，讨好你、侍候你，在你离去后再骂你几声"某某养的"解解气。她们疯狂、热烈、堕落，有着城市的消极与颓废，内心里充斥着苍白。是她们将一个女人的青春美貌赤裸裸地变成一种商品，从人类审美的情趣中剥离开来。当然，在这个群体里，有很多并非本乡本土的芜湖女人，她们是别处漂来的。

芜湖女人都很恋家，小姑娘一过二十就慌着恋爱慌着成家，生怕眼一眨好男人都让人挑走了。我认识一个大龄女青年，是个写诗的，整天天马行空，独来独往。我以为她是那种看破红尘视男人为浊物的异类，谁知一次醉酒后她声泪俱下地说：水总是在寻找盛器，女人总是在寻找家园。

街头小吃

在芜湖呆久了，你不觉得芜湖有什么小吃，直到有一天我羁留在北方一座和芜湖差不多大的城市时，才突然怀念起芜湖满街的小吃来。那是个冬夜，时至三更，旅馆无眠，饥肠辘辘，起身去街头寻吃，行一路不见食摊，复寻一路还是不见食摊。怪了，在芜湖街头可是通宵都有小吃卖的。那一刻特想念卖酒酿的人。

冬天，桂花酒酿元宵摊上蒸腾着热气，人还未近摊前早有桂花和米酒的香味扑鼻。你搓着手坐下来，摊主笑眯眯地问要不要打个汤心蛋，你一点头，摊主便道一声：好嘞，您稍等。待摊主整好递过来，我早就急不可耐了，先咬一口糯米做的汤圆，糍糍的，口齿被一种香甜包裹。那甜，讲究的摊主用的可是蜂蜜；那香嘛，是桂花、黑芝麻。再咬一口汤蛋，真是嫩呀！一碗下肚，神爽气壮，什么样的寒风敌不得？还有一种小元宵是无馅的，芜湖人称它酒酿水子。这种实心元宵最早见记载的是北宋年间朱淑贞《米元子》诗云："轻圆绝胜鸡头肉，滑腻偏宜蟹眼汤，"写的就是无馅小元宵。有的摊主还配以蜜枣、桂花、藕丁、桂圆等，做成各种甜味的小圆子羹。

老鸭汤泡锅巴，也是芜湖人颇为喜爱的一种摊头小吃。但做得最正宗的老鸭汤要数"马义兴"菜馆，它采用传统工艺制作，将老鸭活宰后，分档切割，盛碗碟内上笼蒸。蒸熟的老鸭肉，酥烂离骨，汤汁醇爽，再投入金黄脆薄的锅巴，真是香得人路都走不了了。这种老鸭汤在夏天里备受欢迎，除了好吃，还能去火、通便、消水肿。眼下流行的吃法还兑上一些粉丝，撒上几根小青菜，城南那条街上夜越深吃的人越多。

　　还有一种价廉物美的凉粉，也是很得芜湖人喜爱的。凉粉中又分刨粉、煮粉、炒粉三种。白如雪脂的刨粉通常是由上等豆粉加水搅成稀糊，等锅内水开后，再缓缓倒入制成熟藕粉样的半流质，装进钵内，冷却凝固后就成了。用铜刨子轻刮粉砣子，就有细白粉条装碗入盆，浇上酱醋、麻油、水辣椒、大蒜汁、虾米汤，拌一拌吃起来凉爽可口。煮粉和炒粉内容无大异，只是温热着吃，再撒上葱花，又多了份油煎的焦香。

　　不过芜湖人还喜欢一种小吃，外地人不见得能接受，那就是油炸臭干子。这种臭干子是大而厚的那种，在油锅里一炸，立马外酥内嫩，蘸上水大辣、蒜泥、麻油就风味大变。你在芜湖的小巷口、桥裆下，都能发现这种小吃摊。一个清丝丝的老太支着只油锅，身边放张柏木方桌，桌上摆着盛水辣椒的罐头瓶，一把方便筷就成了，没有比这更简单的小吃摊了。

　　芜湖的街头小吃实在是太丰富了，一篇小文章是盛不下的，比如小笼汤包、耿福兴烧饼、鸭油烧卖、豆皮饭、腰子饼、烤山芋、乌米蒸饭、长鱼面，等等，芜湖正在建设美食城，到时候一些行将失传的美食又会在那里出现。到那时，光是菜谱怕就能整出《红楼梦》那么厚的几本来。

點筆寫遊魚活潑多生意波清
樂可知頒起濤灘思懶雲

听王蒙『小说漫谈』

"所有的日子都来吧，都来吧，让我用青春的璎珞和幸福的金线编织你们!"知道作家王蒙，是看这部电影《青春万岁》。

5月的一天，蒙安师大文学院安排，有幸坐在第一排听当代文学大家王蒙先生关于小说的讲座。王蒙先生坐下来，扫视了一下会场，待掌声退去开始说道："我是写小说的，我也不知道为什么，老不想谈小说，大约是黔驴技穷了，今天我要动动我的'私房钱'讲讲小说。"

王蒙先生说的第一个话题是：为什么要写小说？

他认为小说和故事是人精神上的母亲和兄长，通过讲述可以让人的精神有所依托。故事不但能安慰孤独，还能战胜野蛮。王蒙先生举例时说到了《天方夜谭》，还说到史铁生。他说一次聚会时，有人问瘫痪的史铁生为什么写小说？史铁生说，为了不自杀。这让王蒙很感动。史的一生都在生病，是文学给了他安慰。王蒙说史的小说写得特别安详，特别沉着，还说史的长篇散文《我与地坛》是中国文学史上最好的散文之一。说到自己成长期最难忘的小说，他举出了《安娜卡列尼娜》。"它给了我那么多安慰，使我知道什么是人，什么是情感……文学不仅安慰灵魂，也充实生命。"他还说，曹雪芹写小说是一种挽留、一种追念。

王蒙先生的第二个话题是小说的概念。

他在谈到小说的虚构特点时引用巴尔扎克的话说：小说就是庄严地说谎。他还谈到小说的"小"就是以小见大。同时，王蒙先生也谈到西方的"非虚构小说"和中国的"纪实文学"，并且希望在中国的大学能尽早开设一门小说写作课。王蒙认为小说是可以教授的。

王蒙先生的第三个话题是小说的作用。

他认为，读小说可以体验人生的某种况味，可以让阅读者体味到一种感受过或没有感受过的人生状态，可以向读者展示时间的可怕，因为它让一切面目全非。王蒙说，要想让小说充分发挥作用，深情与机智缺一不可。他举例说到了屠格涅夫的《初恋》，说到那个爱上邻家大女孩的小男孩，结果发现爸爸正在和她恋爱，这是一种人之初别样的冲击。王蒙还说有些小说可转述，而有些小说不可转述，如契诃夫的《带小狗的女人》，一转述就没一点

113

韵味了，它只是一些场景与心绪。

王蒙先生以第四个话题市场经济下的小说结束了演讲。在这一节中，他说到这样一些数据，1949年到1966年，这17年里，我们国家只出200多本长篇原创小说，而现在一年内出几百甚至几千本，没有一个人能说得清楚，这就导致一些消费性的小说出现了，除了生理刺激，这些消费性小说没有让人回味的情感与思想价值，甚至还有粗鄙、野蛮、恶搞的东西。他说，他不反对小说的趣味与休闲，但起码能在精神、情感、体察人生上更加丰富才行。

在结束演讲后，王蒙还接受了现场大学生们的热情提问，涉及文学走向、意识流、诺贝尔文学奖等问题。记得在谈到诺贝尔文学奖时，作为该奖项提名人的王蒙先生这样回答，诺贝尔文学奖，没有统一的规则，能得奖自然是高兴的事，但更重要的是作品本身，好的作品获不到奖，那不是作家的损失，是诺贝尔奖自己的损失……第一次聆听王蒙演讲，领略了大师的风范。讲座结束后，我到铁山宾馆与王蒙先生短暂交谈并合影留念。

离开王蒙先生后，我思索，他的文学成就来自他的语言天分，来自他的人生经历，来自他澎湃的诗情和深刻的思想。敏锐的观察，造就了王蒙创新的锐气和自信。当天分与激情一起涌上王蒙笔端的时候，便造就了王蒙光彩四溢的文学气象。这一文学气象，成为当代中国文学的绚丽彩虹和灿烂湖光。

想起舒婷

在整理抽屉时，看到十几年前舒婷写的信，短短几行，是通常那种寄稿附言类的便函，已经皱了，我也没打算保存，现在我将它与已故文学老人鲁彦周的信件等放在一起保存起来，为了那首《致橡树》也该这样做。当然，我们那会儿做文学梦时，《致橡树》还没有上中学课本，朦胧诗才流行，不过舒婷已经火了。

我知道舒婷是厦门人，可她的详细地址是厦门文友提供的。后来我去了鼓浪屿，看到了舒婷院子里的木棉树，高高大大的，好像有三四株，与周围人家院子里的一样，生机勃勃。据说现在有一株被暴风摧折了。木棉是不结实的树，在舒婷眼里，她是女性的，而且是独立自尊的，她要与伟岸的橡树比肩站在一起。但整个鼓浪屿甚至整个厦门也看不到橡树。到现在我也没见过橡树，我怀疑当年女诗人可能也没见过，因为她说过她与橡树一见钟情，是看日本动画片《狐狸的故事》，那背景里有一棵突兀高大的橡树，遮天蔽日。

后来听喜欢植物的朋友说，橡树不生在南方，这两种树当然不可能并肩站在一起。嘿，这就是诗，别太当真！现在不知道青年人是否还和我们当年一样能够张口成诵《致橡树》，但我想，那一份审美情愫是剥夺不去的，不管南方有没有橡树，北方有没有木棉，其实也不重要了。

我自己不太懂诗，所以我更喜欢舒婷的散文，有诗意，更有生活的情味，舒婷不算美丽的女人，有福建女人的高颧骨，但整体气质是不输任何淑女的。更何况文泉深远的她，有源源不断的才情滋润，这不能不让同时代的人惦念，尤其是让自以为有才的男性惦念。诚如一位文友说的那样：形近时心远，形远时心近，放弃不得。舒婷是一幅油画，有些距离的欣赏会更好。其实很多名人都这样。

不编《镜湖星月》副刊久矣，不联系外地文人也很有些年了。我有时会怀念从前的那么一种状态，很文学的那么一种状态，但已经回不去了，即使让我再编几年文学副刊，我也不想约他们写稿了，一个人是有时代人脉与气数的，今天的读者会更挑食，舒婷们未必是他们爱吃的菜了。

上午翻抽屉，让荆毅我想起舒婷点滴，但愿远方的她不要打喷嚏。

文学忠诚的儿子——鲁彦周

昨天正衡君拿着报纸说：鲁彦周走了！我心里一紧。我想编辑部其他几个同事心里肯定也是一紧，我们都熟悉他。一个儒雅清癯的老人形象立时涌到眼前，在省文联、在芜湖铁山宾馆，我与鲁老有幸作过几次不短的交流，而此前的笔墨交往很有些年头了。《大江晚报》创刊之初，鲁老写来的第一篇副刊稿件就是我约的。我还在自己编的《镜湖星月》副刊刊发过鲁老的夫人张嘉女士的国画。鲁老高高的身材，戴副眼镜，衣着清爽，讲究色彩搭配，给人舒服亲近感。每次见到他与夫人一起，总是很恩爱的样子。那种恩爱是两个人朝朝暮暮的默契关怀、肢体与目光的交流。鲁老说话语速偏缓，是带点巢湖口音的普通话。与人相处他很自然，没有大名人的矜持。他和我们在一起合影、谈写作，多半是我们问，他回答，记得主要是问一些关于《天云山传奇》的问题。因为说心里话，鲁老写了那么多书，像《风雪大别山》《阴阳关的阴阳梦》《古塔上的风铃》等大作，我均没有读过，而《天云山传奇》也是坐在电影院里看的，只是因为深深被打动，所以记住了鲁彦周这个名字。

与作家交往，多数时候真人总不如作品打动我，但鲁老却不是，他本人与他的作品一样让我感到美好。印象里他总是体贴而谦和的，也许到他这个份上的人，已经不需要骄傲了。他寄来的稿件，是允许编辑删的。记得他给我寄过一篇写版画家应天齐的稿子，主要是谈看了"西递村系列"版画的印象，那时应天齐尚在芜湖，他叮嘱我发表之前可请画家本人过目，这让应天齐很感动。今天的《新安晚报》副刊上发了一个专版来纪念他的离去，分别是石楠的《安徽文坛的骄傲》，许辉的《绝唱》，西马的《一个纯粹的作家》，方二妹的《等你回家》，苗秀侠的《感恩的心》，还有吕世民先生的漫画《鲁彦周先生》。我在阴冷的中午时光，一字字读完了，感慨颇多。他们从不同角度与层次回忆、怀念并评价了鲁彦周老人，但都不是他在我心里的样子，这些作者是从不同的时段进入鲁彦周的生活里的，有的长，有的短，有的近，有的远，与他们相比，我当然也属于远的了，平日里鲁老来了，总是要等一些人握手寒暄过了，我才近前的。但即便如此，他的样子永远不会在我的记忆里消失。

118

他被肺气肿冠心病折磨着有好些年了，我看过他上楼梯时气喘不过来的苦痛状。但他依旧那样热爱生活，热爱生命，他喜欢在自己的院子里种几棵扁豆，看扁豆花开的样子；他病隙总会坐到电脑前创作《梨花似雪》；他依旧兴致勃勃与作家、艺术家一起到外地采风；他还喜欢在爱妻刚完成的画作上题一行字，或长或短……他走了，我并没有撕心裂肺之痛，但此刻我仍然难过，我会怀想他的。他送我的散文集《正堪回首》我还没有读完，他的75万字的长篇新著《梨花似雪》我手头还没有，明天我会找到好好读一读。我觉得这是怀念他的最好的方式。石楠说，鲁彦周是文学忠诚的儿子！我也是这样打心里感觉到的，他的确是文学忠诚的儿子！他这样的精神于我来说太需要了，我在爱文学的同时，时不时掺杂一些浮躁的心思。如果我像鲁老那样，对文学爱得那么纯粹，那么一往情深，我想，我在文学路上也许能走得更远一些。

　　鲁老走了，以后在这个世界上再也不会听到他的声音了，但热爱文学的人会在书店、在图书馆、在中国文学史上，一次次与鲁老邂逅。

去南京看叶兆言

　　白天与作家叶兆言联系好了，翌日去采访他。晚上打电话去时，他女儿叶子接的电话，是个口齿伶俐的女孩子，说："我爸不在，他在装潢房子。"

　　车到南京站，去公用电话亭用公用电话与叶兆言通话。他刚起床，约好在《钟山》编辑部见。过长干桥时，在桥头叫路人帮我留影，背景是那古老的城墙。中华门的背面显得格外古旧，城墙头是些删繁就简的树，天空时常有鸟飞掠而过，刚把它们装进镜头却又飞不见了踪影。

　　阳光出来了，城墙根下晨练的南京人三三两两在打太极拳、舞剑。长干桥头风寒，长干桥下水瘦，城墙垛口边树木萧瑟，南京像一本线装书，向我打开扉页。

　　因我一口外乡音，去颐和路却被车夫带到热河路，打的返回古色古香的颐和路，相似的建筑，一样的典雅，灰瓦白墙，绿树静穆。颐和路2号就是《钟山》编辑部了。上了三楼，叶兆言已在一间较大的编辑室等我。他没我想象得高大，穿着灰楚楚的羽绒服，一条浅烟色的裤子屁股上已磨损了。从他面部看不出有多少细腻的情感和卓越的才情，言谈也是朴素自然，没有知名作家弄出的架子。当时《钟山》的执行主编徐兆淮先生与《钟山》的主编赵本夫先生都在，他们正在开主编会议。叶兆言把我带去的傻子瓜子拿出两小袋放在他们桌子上。

我对叶兆言说，打算将他的长篇小说《别人的爱情》缩写，再配上照片和简介在我们晚报刊出。叶兆言掏出小本本记在上面，看得出他有笔录备忘的习惯。他说装潢房子忙死了，这点事还让你跑一趟，很过意不去。其实，我是想见一见他的。读了那么多作品，总想见见作者。但他的平常出乎我的意料。不过，这般样子反使他卓尔不群。像鲁彦周、公刘他们的儒雅似乎总在初会者的预料之中。

与叶兆言交谈前后不到三十分钟，终究没好意思提出与他照张合影。不知是因为我的腼腆性格，还是因为我过了追星的年龄。总之相机拿在手上也没有让人给按一下快门，就这么与他擦肩而过。

别了叶兆言，我轻轻松松地到夫子庙、秦淮河逛了一圈。这是南京旧时一个著名的烟花地，相传朱元璋为它写过这样的对联：

此地有佳山佳水，佳风佳月，更兼有佳人佳事，添千秋佳话；

　　世间多痴男痴女，痴心痴梦，况复多痴情痴意，是几辈痴人。

　　叶兆言说，他读书时看到秦淮河边一居民捞了条很大的大尾巴金鱼，用大木盆盛着水养着高价待沽。但我见到的秦淮河，水质已经有些糟糕，想来是再也捞不出那么妙的大尾巴金鱼来。但秦淮河仍然很妩媚，即使没有了昔日秦淮八艳的歌声倩影，这里仍然还是逍遥之地，岸上有歌声，水里有游船，娱乐和休闲的特色还在。尤其是夜晚，河面依旧是桨声灯影。但这里再也出不了李香君、董小宛了，现在的茶楼歌厅已经没有了琴棋书画，只有甜腻腻的流行歌曲，也见不到抚琴卖唱的艺人了。

　　叶兆言说，安徽黄梅戏中的头牌花旦严凤英，一度也在秦淮河畔卖唱伴舞，她当时的名字叫严黛凤。这恐怕知道的人不多，我也是头一次听说。那个时候的她估计也没料到日后会大红大紫，继而大灾大难，浮生如梦。秦淮河目睹了多少世事更迭，盛衰无常。

　　那一刻，我靠在秦淮河的栏杆上，对这个城市充满捉摸不定的情感，我觉得南京以后会让我有更多的记忆和怀想。

业霖先生去未远

在芜湖文人中，王业霖先生是我内心尊敬的一位。在他生前，我们交往不多，也不深，但这些并不影响我对他的敬意。我读过他的诗文，见过他的书法作品，它们商标一样标注了他的文化品位与墨水的深度。也因为做晚报副刊编辑的原因，请他题写过栏目刊头，与他有过几回短暂交谈。他的话不多，却与其儒雅搭调。

第一次去政协找他，是请他帮我写"百城书影"几个毛笔字，用作晚报读书版刊名。因为乡音重，说成"北城书影"，他比划了一下，说："北城，不通呀，东南西不管啦。"我立即在采访本上写出来，递给他。他笑了："是取坐拥百城意思吗？"我不敢乱答，只点点头。他说"书影"就够了，我说已经有叫的了。他"哦"了一声，就取笔在毛边纸上横竖各写一条幅递给我。我致谢走人，似乎还讲了请王老师多赐稿之类的话。那个时候我刚做副刊编辑不久，与王老师这样的前辈交往对我是个挑战。我对他的第一印象是有"冉冉孤生竹"之类的诗意。

后来在一些不同的场合也遇见他，报社门口、书画展厅都碰见过，总是寥寥数语。原先的时空相隔让我与他已经很难成为随意的朋友，师长的样子定格了，一如我后来与鲁彦周、公刘老师那样的交往，尊敬着也疏远着。

　　当然王业霖先生生前逝后，并没有太大的文名，这一点与他实际拥有的文学、艺术能量不匹配。也许与当时他没有把那些散落的华章结集出书有关，那时他的《中国文字狱》一书还没出版，此其一；其二，他的书画也没有像现在这样走入市场，广被重视。以当初王业霖先生的书法造诣，在芜湖或安徽应当有一席之地。当代著名书法家曹宝麟老师有次讲到王业霖先生书法称作一"清"字！这是很精当的评价。"清"，其实是书法中最难得的书卷气。看看当今书坛，有人疾呼"恶札漫天争炫奇，皇象工书人不知"。偶尔会看到在一些文友家悬挂着王业霖先生的字，笔致翩翩，是那种隶意很浓的行书，双目不免流连，王业霖的书作，一看便知是经年累月从碑帖中走来，敛而有力，逸而不飘，如果论书品，愚以为算逸品一类。王业霖生前在看到葛召棠的书法后著文称："四十年后我们再来看葛召棠先生的作品，依然能想见到葛先生那种澄怀定志，变化从心的临池风采。可以毫不夸张地说，倘若天假遐年，葛召棠先生必将是吾八皖书坛上的一代大匠宗师。"同样的话，我也想讲给王业霖先生，倘若天假遐年，无论文史书法，王业霖先生也将会是皖地令人刮目相看的人物。

王业霖先生的《中国文字狱》一书再版时，责编、大学者林贤治先生就说他"文章千古未尽才"，并说："我为王先生未能在生前施展他的抱负和才识深感痛惜。就说眼下的这部《中国文字狱》，字数不多，却是提纲挈领，脉络清楚，历史上的大关节都说到了。在这之前，还没有一部用了现代语言、横越两千年的时间跨度缕述中国文字狱历史的！"可以这样说，能承受这种评价的学者，在文史界也寥若晨星，这也算是芜湖文化人中的殊荣吧。

几年前，当王业霖先生遗孀王夫人将散着墨香的新《中国文字狱》送到编辑部给我时，上面还工整地签上了她的名字，我真的很感动、很温暖，拜读一遍，获益良多。王业霖先生的文字可谓删繁就简，深入浅出，轻灵而不失古意。

我常想，如果王业霖先生生活的都市有着更辽阔的文化平台，老天给他更富裕的岁月，他的人生又会呈现什么样的景象呢？

韦斯琴的短信

斯琴是书画家，获过兰亭金奖；也是作家，获过安徽文学奖。她浓浓的文字情怀数年不改。常常在手机上能读到她发来的短信，有些就是散文的一段，我不忍随手删掉就保留了。回首一看，就是一段她的生活记录。一个夏天，她给我发来这么一条："终于等来了一场雨，一场倾盆大雨，下得昏天黑地，这会儿雨已住，风清气朗。原来阳光永远灿烂也并不都成风景，变幻莫测才是造就风景的摇篮。雨滴仍挂在窗玻璃上，伸手去拂她，沁凉，于是我顿生了今夜染一幅绿牡丹的心情，那么现在开始吧……"

她的短信能大约地画出她生活的画面，而且那些缤纷的色彩就是她斑斓的心情。比如这样的短信："这几日，我的米兰正值盛花期，甜香四溢，而暮春时种在花坛里的扁豆也已开出成串的紫花，她们与紫藤缭绕着攀升，很是美妙，当初为了种扁豆曾将蔷薇剪掉，但蔷薇新发的枝叶也已花蕾串串，有一种生生不息的力量感染着我。这个初夏很丰盈，连同日日激战的世界杯，视线里填满了蓬勃的生命。"

她很静，也很率性，生活的状态是随意和自由的，正像她的画和字，温婉清雅中常逸出一片细细的草叶来。

她发来短信说："本打算去润宝斋拿宣纸，可上了出租车后竟改去金鹰购物，买回三条长裙。今天从邮局出来后，准备去拿宣纸，可上了出租车又改去梅花山，这儿绿漾成海，鸟鸣如歌，闲坐着看夕阳西下，很美，哈哈……明天可能又去拿宣纸，但不知会不会改道飞得很远！原来善变也是一种美丽。我在六百年前铺就的石像路上祝你愉快。"我能想象一袭红裙的她坐在梅花山上沐浴着晚霞的样子，细细的眉眼一定很生动。

短信中也有她写字画画的随感："近日于生宣册页上画山水，点染之间云飞水泻，很是惬意，较之过往，于线于色更上一个层次，画面也愈从容静逸，兀自欢喜。"但更多的还是一些生活的状态与闲情："前日被我一五一十数着的牵牛花，这两日已搬进画室，花们蔓延在画案上，并垂挂至地板。我每次走进画室都被这美撼得要落泪，艳艳的玫红和着典雅的深紫以及她的有着细细绒毛的绿叶，这一刻美得悄然而隆重，我正用线条将她们悉数收至画面，爱得不行！楼上的一盆矮牵牛，花色玫红，我刚刚去浇水时，细数了一下，花开一百二十八朵，是那种娇艳的喇叭花，叶小花繁，开得神采飞扬，尤其是被白色花台和花盆反衬着，十二分的喜人，写给你遐想。"每次读着她的短信，都能感觉到她传过来的气息，平和、静美。

她的世界是清澈的，看不到柴米油盐的琐屑，面对自然她有孩提般的纯真。她说："今天，我照例一起床就上楼看花，昨日被曝晒得有些蔫的大丽菊复又花开明艳，我好快乐！但忽然发现菊叶上满是细小的虫卵，便用清水逐片清洗，感觉像花们的护士。花了半个小时才洗净，不过米兰的甜香一直环绕着我，便很享受。下楼时电视新闻正播一西方人士为不幸断了一只脚的大鸟装上假肢，于是鸟儿又在画面里行走了。哇！其实关爱万物才是真爱自己。你同意吗？"我当然同意，不热爱自然，不关爱生物，怎么能拥抱生活和它的美？

她总是在芜湖南京两地往来，那时候她还没做妈妈，有更多的闲情关注自然时时刻刻的变化，这一点无论对绘画和写作都是好的。即使在旅途也一样发给朋友们她的所见所思："微雨，有新荷初圆，荷上珍珠溢，无蜻蜓，但见画眉水面低飞，我于麦黄桃绿间返金陵，犹记故园窗前花艳，屋后瓜苗长……"

现在她常住在芜湖，她的别墅很大，院子里有小桥流水，常年草木萋萋，花开花落。所不同的是，她坐在凉亭间看风景时，她的孩子们嬉笑奔跑，也成为风景里最生动的一部分。"秋晚莼鲈江上，夜深儿女灯前"，她读辛弃疾的诗，她说隔着八百年时光，人类的理想竟然如此一致……

岁月淘洗，她的文字与书画也更给人以神定气闲、虚和宛朗的美感。

杨声的水墨天空

　　《闲散与凝定——杨声水墨人物画展》在芜湖书画院展出后，给寂静的芜湖画坛吹来一股清新的风。行家们纷纷评说，来自中央美院的杨声代表了当今学院派的前沿方向，他多样性的表现手法，直逼艺术本源，呈现给读者一个丰富而独特的水墨天空。在展出的40余幅作品中，或反映当下都市情境，或追溯古代文士风流，可谓现代抒情与古典琴韵的交融。

　　杨声本是学油画出身，有着非常扎实的造型能力。早在十年前，他的素描作品就发表在发行量很大的报纸副刊，有的还被选入一些美术教材。但如今的杨声却摒弃了三度空间的模拟，加入了许多装饰与变形的因素，以大块的淋漓水墨寻求一种意象化的表达，其画面被拓展成一个富于诗意的多维空间，迷离与晃荡、具象与朦胧等纷繁的意象被他敏锐地捕捉并定格在同一个画面里。那些人物有些茫然，有些忧郁，有些浮躁不安，像失去方向的游走，但却温情而不乖戾，张扬而又妩媚，一个充满曲线的女人、一只花瓶、一册书、一只飘荡的水杯，在杨声的笔下都是水墨溅落在宣纸上的诗行，在散漫无羁中，呈现出画家静定有序的悲悯与思绪。

美术评论家龙昭阳女士曾这样评说他："在人物造型与物象的摹写中，杨声较喜欢用方折的线条，而其画面又总是被分割成有机的块面，人物的动态则大多在行走之间，表情奇异而迷惘，有些清新而又颓废的情绪。用笔则纵横捭阖，甚至有些剑拔弩张之气，而少含蓄蕴藉，他作画的状态也似乎不是一般中国画家那样气定神闲，甚至于气喘吁吁，全神贯注。在笔的游走之间，很少因循古法，只是挥笔直写，但在墨的气韵方面他却是颇为讲究的，所以他的画面虽富动感与张力，却不失清新与纯美。"

　　我想杨声的急切是因为他赤诚地关注当下都市人的生存状态，他始终与笔下的人物一同呼吸，他爱着他们，他们的伤感、无奈、迷茫、挣扎，他都感同身受。他一个人从南方小镇辗转到大都市北京，我想在杨声的潜意识里，他一定有漂泊者的愁绪，有边缘者的感伤，这一切无疑会融进他的艺术血液里。

　　学油画出身的杨声，很自然地将一些西画的元素带到他的水墨画中，但从宏观上看，杨声依旧是关注东方的，东方的情怀，东方的视角。杨声的作品中虽然不乏《建安七子》《香山九老》《米癫拜石》之类的古代文人小品，但他真正关注的、着墨更多的还是与他朝夕相处的都市人，那里更容易看到画家意绪的流动与奔突，所以说，杨声是写实的、当代的、都市的。尽管杨声在绘画的表现手段上兼顾东西，呈现着多元化，但他却又是独特的、个性的，因为每一个画面无不荡漾着他强烈的自我的情绪，无不以自己的生活认知和文化修养来解读画面语言。

有的艺术家与艺术品，注定不会走进所有的人群，欣赏杨声，需要有艺术与文化的积淀，他的画不"甜"也不"像"，不刻意，更不做作，任凭自然的心迹流露。美术界正将更多的目光投向杨声与他的水墨天空。他的《香草的天空》《聚焦》分别参加中国美协主办的全国中国画展，并获优秀奖。《水墨人体》被中央美院收藏。在多次国内大型艺术品拍卖中，他的画也渐渐受到藏家的青睐，相信挺拔秀气的杨声有能力更高更深地拓展他的水墨天空。

画家有颗繁华的心

画家王彪出新画册，让我作序，我欣诺。这次画的是新疆系列《花儿为什么这样红》。他说塔吉克土地最让他难忘，干巴巴的土地上，突然出现的鲜艳女子让人颤抖！那些天真洁白的孩子！那些马背上充满野性的汉子！每次踏上那片土地，都让人贪婪地想亲近每一寸土地，每一个村庄，每一头拉车的牲口和每一位赶车的老人……那个中午，我们俩并排坐在沙发上，地板上铺的全是他的画。

在北疆写生时，他曾与我国著名水彩画大师柳新生先生不期而遇，当时二人激动地拥抱在一起，为在这里发现的美激赏不已，感叹唏嘘。他们屈膝而坐，谈这里的风情，谈这里的见闻，谈高原的湖泊与天上的白云，当然也谈这里曼妙难言的北疆美人。王彪说柳先生是第15次来新疆了，他特别理解，几乎每一个热爱生活、热爱艺术的画家，都会热爱特定的自然。谁只要读懂陈丹青的画，就会向往西藏。王彪说："我也要让别人看到《花儿为什么这样红》这本画集后，有提起行囊去新疆的冲动。那壮美雄奇的山川，那神奇多变的地貌，那浩瀚无际的沙漠，那蛮荒无助的苍茫，那无垠的绿，那

132

灼人的热，那仿佛人间瑶池的高原湖……都留在画家王彪的心中，有最初的兴奋、陌生、苦涩、混沌，有后来的回味、描绘、牵挂、思念，这一切都让他欲罢不能。当我坐这里写这篇文字时，王彪又一次踏上通往新疆的旅程。

画家王彪拥有一颗繁华的心灵，在安徽画坛他是独特的。从水彩到水墨，从色彩到工具，他都是独特的。画中国画时，他常用毛刷替代毛笔，大块水墨一瞬间淋漓尽致铺陈纸面，令人称奇。在他全国美展获奖作品《炸鬼子去》中，一号人物居然没有脸，谁敢这样画，他敢！主要人物只有帽子与身体悬空对接，那样的战争岁月，有多少烽火中倒下的英雄来不及让人们看清他们的脸。他的取舍是别具一格的，让你惊讶的同时也让你沉思。比如同样也在全国美展获奖的"收工"系列，还有描写女性青春的"不尽柠檬黄"系列画，亦真亦幻、亦实亦虚的人物处理，都给人意想不到的冲击。他常说：一个人物画家仅有造型能力是不够的，要画出人物的生存状态和灵魂，要让人看到他们过目不忘。

王彪这本画集——《花儿为什么这样红》与以前的作品集有很大的不

同。这不同体现在这样几个方面：一是单一的题材，表现的对象是那片特定的土地帕米尔高原，特定的民族塔吉克男女，画面展现的是独特的民族风情，不仅是人物，画面中一匹长毛骆驼微闭双眼，都能让人感到它独饮内心风霜。他的画呈现了一个民族特有的内涵。二是全部是中国画，或黑白水墨，或点洒色彩，是他从水彩画家向中国画画家一次成功"转型"，当然正因为他画了这么多年水彩，他的国画中用水更为灵动，着彩更为佻达无束。三是形式统一，均为先期装裱好的扇面，集在一起，格外整饬典雅。当然固定装裱的纸质某种程度也限制到画家的自由，因此这部作品集对王彪先生来说，具有不可替代的意义。如果说一定要将一个艺术家的作品划分为武器和玉器的话，王彪的作品无疑是后者。王彪有一个美丽的妻子和一个帅气的儿子，他的作品中时常有亲人的影子，但他着墨更多的依旧是那些普通的劳动者。无论是深井之下的矿工，还是落日苍茫中的藏民，抑或异域街头的艺人，都能入他笔端，他的画有很强的平民性。我常常能于画面中感受到一种文字抵达不到的地方。难怪作家贾平凹没学过绘画，却常常去画画。贾平凹说，一个人言之不尽则歌，歌之不尽则舞，舞之不尽则写，写之不尽只能画了。的确，在王彪先生的画中可以看到，他把某种感悟拐着弯儿表达出来。

　　王彪也是我多年的球友，尽管他当了芜湖市美协主席，但他在芜湖乒坛的名气丝毫不亚于他的画名。十几年前我出版第一部散文集时，我俩就曾合作，书中几十幅插图都由他精心绘制，后来那本书能获得安徽文学奖，我一直觉得王彪功不可没，是那些图与文字作为一个整体打动了评委的心。此时此刻，王彪的心一定又飞到那片他难以割舍的土地上了，他一定会遇到那些熟悉的老人与孩子，遇到那些女人，银质的笑声，风铃一样！如果王彪忘记了什么，她们一定会让他再次想起……

大
地
的
异
乡
者

　　"大地的异乡者"是一句诗，也是南京先锋书店的口号，我觉得很温暖，就拿来了。书店是一个公共空间，它是一个城市概念的代言人，也可以成为一个城市的文化地标。如果，一个城市没有好书店，这个城市是不及格的。我也觉得书店是一个城市高度的参照物，像博物馆那样。我与书店天生有缘，芜湖新华书店、南方书店、光明书店的掌门人可以说都是我的朋友。新华书店为我的第一本书做了首发活动，当时的场景记忆犹新；在晚报读书周刊做编辑时我也给南方书店、光明书店策划过很多活动，有征文、书展、书友会、作家签售等活动，可以说芜湖这两个最大的民营书店是与晚报读书周刊一起成长的。但留在我记忆深处最美的书店，是南京的先锋书店。

　　"先锋"老板钱先生是个有特质的爱书人，他开的是知识分子的书店，极力为知识分子酿成才艺。很多书店老板什么书赚钱就卖什么书，他不，他只坚持人文、社科，每一本书都是亲自挑选，每次总能在他的书店遇到一本想要的书。南京和外地的一些作家、学者、画家经常光顾先锋。苏童、叶兆言、余华等都是这里的常客，甚至还有一些知名画家的小型画展也常在书店进行。这里更像是一个文化人的沙龙。我就曾在先锋书店撞见过来作客的周国平。他也帮读者签名，却没有海报宣传。钱先生泡一壶茶，我们三人坐在沙发上聊天，有轻轻的音乐飘忽，四周除了书，还有大大小小的茶杯。这些茶杯都是上世纪五六十年代特有的。两侧的墙壁上挂的是世界名画，周国平先生语速不快，也不说哲学的话，只聊一些书店布置之类的东西，很平淡。说话间，先锋书店钱老板帮我从架上取下来两本周国平的书让他签上名送我，我记得是《妞妞——一个父亲的札记》《守望的距离》。钱先生说："荆毅也有书在我这里，很受南大女生喜欢的。"虽是玩笑，也让我窘迫，赶紧支开话题，问他下一步有什么梦想。钱先生兴奋地说："我的下一个梦想是开一家法国式的书店，拥有更宽阔的店堂，有玫瑰色的祭坛、木质的地板、咖啡馆、西餐厅，店堂中央还要有大屏幕的电视，每一个区域的灯光、咖啡桌、台布都不一样，四周挂上充满了人文精神的图片，雕刻上大师们的照片和诗歌。每一个进入这个殿堂的人都能自由地交流，自由地想象，放逐灵魂，成为文化艺术的探索者。人们会很虔诚很瞻仰这个书店。让这个书店倡导一种风气，一种生活方式……"

我觉得这一刻，钱先生就回到他诗人的质地，在先锋的店堂里，你看不到任何一个条幅，见不到任何一张海报。有许多知名出版社要到先锋搞促销，想在先锋店堂里悬挂横幅，但都遭到了拒绝。甚至连先锋免费提供的书签上，也见不到书店的电话，不印书店的地址，先锋书店不给读者增加商业烦恼，只让读者在这里轻轻松松阅读。

先锋书店没有拥挤感，书架与书架之间的距离有2米宽，书架上摆放的书许多是其他书店找不到的。读者从书架上随意拿起一本书，在书桌上翻阅起来。没有人会上前打扰，没有人提醒，只要你愿意，想来就来，想走就走，无论什么书，随手翻阅就是。

先锋书店里有一个电影放映室，每天给读者免费放映。放的都是一些比较偏的电影，像卡夫卡、德里达、爱因斯坦等传记类。每年七月至十月，先锋书店都举办独立电影节，会请电影界的名流走到观众当中与观众交流分享电影观念。除了放电影，先锋书店还有很不错的乐队，每年都开办音乐节。许多周末，先锋书店都会有大大小小的沙龙或名人讲座，像贾樟柯、朱天文都曾经在这里举办过沙龙。

很久不去先锋书店了，钱先生还在坚守么？

从
爱
出
发

　　写下这个标题，我眼中出现的是郎华眯眯笑着的样子，丰满而母性的笑意总是那么自然地挂在嘴角。这个满心爱意、画了二十多年儿童画的女人，一直业余做着安徽少儿出版社和浙江少儿出版社的签约画家，出版的画书有几十本之多，作品多次入选全国美展。可近年来，她突然停止了在水彩纸上作画，无可救药地迷恋上了宣纸，并出手不凡地展出自己的国画作品，让圈内人眼睛一亮。她说："这辈子，我要是不在宣纸上画中国画那就太亏了。宣纸太美妙了，水彩里那么复杂的调色效果，在水墨宣纸上只是简约一笔就能纤毫毕现。"每一次铺开宣纸，她的心是悸动而期待的，她也不知道这一张洁白的宣纸上又会出现怎样的画面与效果。

　　有了那么丰硕的成果，为什么还要从儿童画转向国画？别人问。郎华自己也在思考这个问题。也许是一场变故。从2004年画完最后一本《画说典故》后，她拒绝了出版社所有的邀约。她的生活里出现了一场灾难性的变故，车祸让她至亲的爱人深深陷进无尽的黑暗里。郎华无法创作，无法安宁，在多少次的半梦半醒间，她仿佛感到自己是撞进铁笼的鸟儿，找不到出路。就在她快要崩溃的时候，是绘画挽救了她。只是她拿起的是毛笔，展开的是宣纸。她希望以一种新的作画方式，找回往日的宁静。没有想到，她几乎没有费多少气力，就很快适应了国画，并且深深爱上宣纸与水墨相触的那份诗意、神秘，人也变得从容淡定起来。她选择国画，也许还因为女儿大了。郎华说，当初画儿童画，是源于母爱，每一幅画都是献给女儿的。女儿一点一点成长，她的儿童画也一点一点"长大"。现在女儿上大学、成人了，她在欣慰的同时竟生出淡淡的惆怅，女儿不再迷恋和需要妈妈的儿童画了；她选择国画，也许还有更深一层的情缘——告别抑或怀念……

从儿童画到国画，对于有着扎实的素描与速写功底的郎华来说不过是换了一种形式感而已，她画的依然是最接近她气质与胸怀的母性与童贞。不过，假如你很细心，一定会发现，在那些可爱的稚童旁边，常常会出现一条憨厚、强壮的水牛，仿佛是经历劫难后画家内心的召唤。牛儿的粗犷、敦厚、大团墨色与精致、灵动、线条纤柔的小女孩形成一种对比，成为画里画外的一种精神依托，宣泄着画家内心深沉的情愫。

郎华的画除了注重构图，人、物、景都有呼应之外，笔下的线条格外生动活泼。无论是亲情还是友情，在她的笔下都充满机趣与和谐，这与她热爱自然、喜欢观察有关。现代表现主义大师保罗·克利说过这样一句话："牵着线条去散步"，郎华差不多就是这样爱用童贞的眼光打量世界。她说，什么样的线条能打动人？是那些挺拔的线条。你看，那些初绽的新芽，那些纯洁的孩童，呈现的线条一定是生动向上的；而那些枯萎的花，那些形消焰瘦的烛光，线条必然是委顿暗淡的。一个画家必须要细心地观察与体味后，才能表现这一切。

　　郎华说她画画，是从爱出发的，所以轻松而从容。每一次面对宣纸时，她便满心欢喜。其实"欢喜"是一种难得的境界，在笔与纸、水与墨的相触相融中，她整个人便陶醉其中。她说："那一段时空里，人仿佛悬在空中，生命全部交给纸与墨了。"现在很多的人都注意到郎华蒸蒸日上的国画作品，被她作品中透出的爱与温暖感动，相信会有越来越多的人喜爱并收藏郎华的画。从爱出发，其行必远……

西祠红颜写手

　　到西祠网站去写帖的人，多半会注意到一个叫小意的红颜写手，她是《另一只眼睛看自己》的版主，那上面却写着斑竹。她前不久出版的网络小说《蓝指甲》，被北京一些书店拒绝上架后，据说反而出现了盗版，网上网下，《蓝指甲》还是被越来越多的人阅读和评论，甚至有人称她是"南京宝贝"。我与小意交往不长，也不深，只是隔三差五地去西祠浏览她的版，碰上她的文章就随便看看，偶尔以留言的方式与她作些交流，三言两语，很短。但她的一些随笔中流泻的思想，总是让我上心。上个周末的晚上，她打来电话，我们聊了近一个小时，很散漫地聊，聊她即将出版的童话译著《小王子》，聊她的随笔集《冬青满院》和她的另一个长篇小说，也聊一些与写作无关的事。我总觉得在未来的文坛会有越来越多的人去注意"小意"这个名字。比起卫慧、棉棉她们，小意的文字要更尖利，也沉郁得多，她的批判意识无所不在。

　　她的"城市系列"随笔中，关于上海的描写有这样一段："现在的上海越来越成为一个极具包容性的城市，在这座城市里，完全无须具备什么身份，不需要一定操什么口音，也没有太多人因为你长着金发碧眼对你的敬意就油然而生——这是一个城市的文化发展到一定地步必然达到的阶段，人们学会了只认你口袋中的人民币，你的衣裳是否光鲜。可能你走到哪里都乱吐痰，这没关系，照样有人低眉顺眼地侍候你，在你离去后再骂你几声土财主解解气。"

她还写到那些从外地打入上海并发了财的上海居民们，用的同样是漫画与讽刺："他们不去衡山路的酒吧放纵，更不会流连在咖啡座里品味优美的音乐，更别指望在上海大剧院或者人民广场的博物馆里找到他们的身影，他们有自己的生活天地，这种天地并不因为他们已经是上海人了而有任何朝小资情调方向发展的趋势。他们最喜欢躲藏的角落是极为阴暗的，马路边的洗头房，卡拉OK厅，这些行为和小姐未必有多大关系，只和他们的趣味有关。"

你瞧风情万种的大上海在她笔下多么晦暗。如果说那是因为上海只是她客居了几年的城市，她还没有与之血肉交融，那么于她成长中最重要的生活了18年的南京，她又是怎样来阅读的呢："1998年，当我最后一次陪着一位美国社会学博士参观美龄宫时，它大部分房间已经被院方出租了，商人们在这里卖起了纪念品，于是当我们步入优雅的美龄宫，期望能看见宋家小妹当年涂着红指甲油的纤纤手指留下的痕迹时，落入眼帘的是伪装的珍珠和金锁。再一转身想看看蒋中正与他的部下当年作出种种影响全国形势走向的会议室时，小贩一脸势利的微笑首先抢占了正前方最有利的空间，他直勾勾地看着外国人的眼睛说：'come，look'，那一脸的真切让人不忍心拒绝。"

这种对南京历史文化积淀的嘲笑，还有对另外一些著名城市的"菲薄"，在小意的笔下有许多生动活泼的例子，结局无非是文化为金钱让路，高雅对低俗无奈。我读多了这样的文字就想，倘若在日常生活中，她也成天

142

睁着双批判的眼睛看身边的人，那怎么得了。但电话里小意的声音分明是温柔的，她说她自己其实是个很传统的女子，在父母的眼中，也算得上是个乖乖女。在现实生活中，她既不像《蓝指甲》中郝纤纤那样迷恋酒吧，也不敢轻言性，郝纤纤只是她喜欢的一个人物，不是她的自传，郝的故事顶多只有百分之二十有她自身的影子，她说自己没那么勇敢，她是血淋淋的，没有熟透，解剖出来，自己是不敢面对的。有时候人就是这样矛盾着的，最温和的人会有着最狂暴的念头在心中激荡，最传统的人会暗暗地树着前卫的偶像。

作为一个女子，小意的自我意识和性别意识是很清醒的。她说有些人似乎只看到了性，没有看到性给女性带来的罪恶感与疼痛。她甚至玩笑地借朋友的口说，男人根本就是野生动物，爱情是女人的事，与男性无关。幸好她声明不是所有的男人都这样。她就是这样自觉或不自觉地关注着女性的性别体验，深信女人是用贞操来回报爱情的。她认为，女人属于一种慢热型动物，当女性陷入爱情中时，与她相对应的男性已经过了巅峰状态，情感已趋于平缓。这让每一个男性读者不禁要回味自己的恋情。她就是这样思想不停地激荡着，时不时地让你奇怪，让你浑身不自在，有些结论又让你摇着头不能认同她那份极端。比如她说："在我眼里，无论是单纯的灵魂之爱本身，还是加上与性混合的爱，都不过是一种热交换罢了。用温情交换温情，用性爱来交换性爱，温暖一下身体或者灵魂，达到满足的程度。这一切符合爱情是社会的这一说法。交换和灵肉在社会范畴里是永恒的，从这一意义上说，爱情可以永恒。"（《女孩、女人》）与其说这是她的爱情观，不如说这是她对爱情的一种揶揄，我真不知道现实中的小意是如何恋爱的。我本来是想问问她的，但结果只问了声："你成家了吗？"她说："没有。"我不能像一个哥们那样打探她的私事。她曾宣称：关心是一个很好的借口，它可以尖锐地捅破隐私。

《蓝指甲》出版后，小意收到的求爱信多极了，但是小意说这些根本上改变不了她的内心。其时她在上海的一家外企供职，白天里螺丝钉一样为公司干活，晚上坐到电脑前写作，或是一个人在房间里看书。看书的时候，她多半嘴里叼着根纸烟，26岁的她已经有了几年的烟龄。烟草生涩迷人的味道是她身上惟一散发的芳香。除了涂蓝指甲外，她从不用化妆品。我问她烟瘾大不大，她说，大，至少一天一包。但她在上班时和公众场合从来不抽。我笑问她，你真那么迷恋酒吧的情调吗？她说一年里也去不了两次，去了，也只选个角落坐下来听听音乐。她没有郝纤纤那么疯狂、热烈和堕落，她说她过的日子平淡极了。在城市长大的她，有着城市的积极与进取，也有着城市的消极与颓废。小意说，每个人的心里都充斥着苍白，大部分的时候我们并不痛苦，正如我们并不快乐一样。那种时候她称之为苍白，说它是一种极为自然的色彩。我能理解，我把这种日子称之为庸常，那是人生的一种最通常的状态。当繁华过后，当热梦醒来，每一个人都是要面对的。

　　《蓝指甲》的出版，对小意的影响将是深远的，不管小意承认与否，这之前，她零星写出的所有文字，不过是些很私人性的东西，少有人去关注它们，而且在写作时，小意并没有那种写作人通常怀抱的社会责任感。而《蓝指甲》出版后，小意的写作就会有质的不同了。这些文字不仅是她内省的手段，也是一种具有扩张力的评论现实的手段，作为一种思想的载体，小意会格外认真地对待这些文字。

　　当初小意写《蓝指甲》时，18万字，只用了30天时间，然后又用了10天时间修改。她说："我只是尝试着写生活，生活这个词，大部分时间在我眼里就如伤口一般，一旦提及，就有一种撕裂的痛楚与快感。我热爱这种感觉，正如生活在这世间，我永远是作为一个不完美的人出现的，生活也是如此，太完美了便丧失了真正的乐趣与激情。"

作为一个网络写手，小意的起点是非常高的。《蓝指甲》的封面打着这样一行字：一部都市女孩的性情小说。但从客观的效果看，许多男性读者也被卷了进来，山东的《齐鲁晚报》、天津的《星岛日报》等媒体的连载与专访，使一些出版社已经注意到了这位年轻的女写手，她也渐渐成了一些网络写手的偶像。她虽然名气远不及痞子蔡和安妮宝贝等，但她的潜力无疑是不可低估的。

同是网络写手，小意本人是怎样看待网络文学的呢？小意说："我上网的时间并不长，也就是这一年多的时间。我也尝试着从网络上汲取点什么，所以仔细阅读了一些文章，我只能就我看的文章说我的感受。这些文章无论如何都是有些雷同的，说是文字本身的缺陷并不合理，更多的恐怕是现代的都市情结——危机感、承重感、对生命及爱情的困惑、迷幻与现实的探讨、琐碎中的哲学思考、对生命本身的恐惧、性观念的冲击，哪怕本身文字风格截然不同，从里面透出来的情绪也是异常的接近。"

说到安妮宝贝时，小意说读过《告别薇安》，非常惊叹于安妮宝贝笔下的瑰丽色彩和翩翩舞姿，她的文字动感十足，总展现出一道道缤纷零乱的线条，如同飞过了什么却抓不住，看不清，用那些编辑的话说，就是张扬而且灵动的文字。看来安妮还是深深打动了小意的。网络写手中也不乏精彩的作家。

但给予小意更多文学滋养的，当然还是那些传统的文学书籍。从中外名著到当代作家的作品，小意读起来没完没了。有时盯着某个词句，想把它一下子吸到脑子的深处去，读虹影、读格非，也读稍稍过时的张贤亮，完全一种贪婪状。她说至今没有热爱一本书能超过少时读过的《呼啸山庄》。她喜欢书中字里行间制造的粗芜、荒乱、躁动、尖锐、萧冷，却总想不起来凯瑟琳的虚荣、希刺克厉夫的残酷——这是人性，普通人的人性！她这么认为。

当希刺克厉夫打开窗户说："凯瑟琳，回来吧，我等了你那么多年。"窗外还是风的哭泣，凯瑟琳细细地哀诉："让我进来，我已经流浪了太久，已经被风声吞噬。"小意说她真是被感动了。这一个场景，就是爱情的现状：若不是生死的界限分离，便是人性的差异分离，爱从一开始就掺杂着绝望。

　　我不知小意最初阅读《呼啸山庄》时有多大，但这种躁动、尖锐、萧冷的风格似乎深深地影响了她行文的作风："爱极多成恨，欢余只是愁。"在小意的笔下，不完美的可爱、粗糙的精致、迷乱的镇定，可以是一个人，也可以是一座城。

　　《蓝指甲》的出版，使小意与传统媒体有了或多或少的接触，她也有意识地给一些报刊寄了稿去，但多数的刊物对她的激进或是颓废难以把握。这一点，身为编辑的我深有同感，她的许多文章，智慧如珍珠一样散落其中，闪闪烁烁，但常常在某一个环节断线，你无法完整地拎起来，断头处接起来又分外麻烦，无可奈何地放弃时，很是痛心。这算不算是小意的另一种粗芜呢？

作家的本色之美

　　一天，南京储福金先生寄来他的新著《细雨中的阳光》，他写过长篇小说《心之门》《雪坛》等七八部，中篇小说《裸野》《人之度》等四十余篇，短篇小说近百篇，散文集数部。他是一个高产作家，也是一个高质量的作家，很多作品被译成英文、法文介绍到国外，曾获中国作家协会一九九二年度庄重文文学奖、江苏省政府文学艺术奖、上海文学奖、北京文学奖等多种令人羡慕的文学奖项。在文化大省江苏文坛，他是一个实力派作家。他的同学私下里对我说，他要是有个苏童、平凹这样的笔名，他在中国文坛的名气一定比现在的名气大。虽属戏言，但也足见大家对他作品的迷恋。

　　《细雨中的阳光》是一部美的小说。我觉得储福金是一个语言大师，无论是叙述还是描写，他的文字都能透出气息和声音来，优美而鲜活，能够自然地进入人们感觉的深处，犹如水上的花朵与树叶，即便是凋谢的状态，也荡漾一种残芜的美。他的语言很细腻、迂缓，不是那种汹涌奔腾的样子，有时候情节还没出来，阅读的情绪就已经叠印在语言所透出来的声息里了。他总是把他悟出的道理通过人物或情境流泻出来，让你不敢读得太快。再复杂的意味，他都能慢慢地用一个一个的文字传递给你，那里面有真切的经验，有他对人生的理解和感悟，有一种不动声色的精致。

《细雨中的阳光》写了三位不同类型的女性，同时爱上了怀才内敛的男主人公。这样的故事稍不留心就会写成又浮又腻的言情剧。但作者却把握控制得很好，如诗如歌地展示了一段迷惘伤感的青春旅程，让我们每一个人都会去怀想一些过往的幽情。出版社编辑称他的这部小说是中国版的《挪威的森林》，我想这也是强调它的优美与深情，强调笼罩在其中的美如烟云的感伤。但不同的是，该书中所有的幽情与含蓄都是中国式的。孙犁先生说过，中国人的行为和心理，也只能借助中国的书来解释和解决。储福金就是这么一位原汁原味的中国作家。他所展示的男女主人公生活在上个世纪七十年代，和现在物质繁华的社会比起来，那算是一段贫穷的年月，是一段陈旧的年月，却也是很少欲望很少计较，有着许多优美色彩的年月。尽管这三位女性都爱上了男主人公，尽管她们的性格不同、职业相异，对待爱情的态度有别，但不像现在都市里的快餐爱情，"爱"字是真正省去了一个"心"字的。无论是男主人公最为执迷的应玫，还是单纯明丽的万平萍，以及经历了沧桑的女作家铁敏，都同样的善良，她们对飘游着的才子的爱，皆是发乎真心，没有一点世俗的成分。而尽管男主公的青春与生命都在爱情中旅行，但他却不是爱情的伐木工，没有一点亵渎情感、玩味情感的肤薄。自从他在芳草萋萋的孤岛上与应玫展开蝶恋花的情节，他整个的灵魂都变得富饶而丰盈。他凝视着他与应玫的爱，仿佛凝视着窗外的雪花，忧郁而浪漫，但却是没有结局的。应玫唤醒他后就像云霞一样消失在他的生活里了。在他们的爱情里，忧郁不只是一种点缀，而是饱含悲怆和无奈的。生活在风花雪月里的人不都是幸福的人。

当男主人公作别小城继续他的飘游之旅时，已经懂得伤情的万平萍在自己演奏的大提琴曲里对他作这样的道别："我不会离开这里的，我只想在小城里。你知道吗，我无法想象对着别的男人脱下自己的衣服来……你如果想到我的话，想要和我结婚的话，你就回小城来。你回小城来的那一天，你的飘游也就结束了。"

男主人公还是走了。当他的背影融入川流不息的人潮里，那一刻我的心跟着万平萍的琴声一起潮湿。

深刻的人性探索

　　春风文艺出版社的温去非先生给我寄来叶兆言的新著《我们的心多么顽固》，是"布老虎"中的一本。这部小说中男主人公的名字叫老四，他一生爱恋着一同插队下放时在拖船上遇到的一个健硕漂亮的女生阿妍，可是后来在他的生活里却出现了别的女人，还不止一个，更重要的是他每一次燃烧都是因为性欲，而不是因为精神。在他经历的这些女人中，有美丽风情的知识女性谢静文，有丑陋瘸腿的佣人丁香，有浪迹风尘的琴，有少不更事的小鱼，甚至还有年老色衰的小鱼的母亲，你看，就是这样一个男人！差不多就要成为一个男人曲折混乱的性史了，而事实却不，叶兆言以令人信服的诚实，写出了纷繁多变的那个时代和这个时代的社会生活，通过主人公的所作所为，展现了深刻的人性探索。

　　有评论者说，这不是一部扬善惩恶的小说，也不是一部表达因果报应的小说。这是一部解读人的心灵秘史的小说。的确是这样，老四是一个好色的男人，他按照自己内心的声音行事，他善于解放自己的同时，也善于掂量、反省。他的原始欲望被压抑后又无限膨胀，他的欲望和爱意总是此消彼长、相互纠缠。他喜欢那些女人，却又终身深爱着他的妻子阿妍；他为自己的背叛惴惴不安，他总是无法安妥自己的灵魂。在叶兆言大胆野蛮又不失典雅的述说中，总隐约让人意会：与"爱"相比，单纯的"性"让人觉得无味无趣，甚至有些荒唐滑稽。可他并不直说，甚至也并不是他真正的倾向。在爱情与婚姻上，或者说在男人与女人之间，每个人的运气不一样，运气好的话，一个丈夫或者妻子就能满足一切。可老四和她的老婆阿妍没有彼此满足，老四不能专一，阿妍甚至也有过红杏红墙。这当然令老四痛苦和愤怒，老四虽然没有什么文化，但他还是明白一个女人善解风情与善解裤带是两码事，可老四最终还是一如既往地爱着他的阿妍，甚至努力让自己别再分散肉体，让他对阿妍爱得更纯正、更专一些，尤其是当阿妍身患重病时，他的爱变得越来越像真正的爱情，他做人也做得越来越地道，以致我都快要把他当成男杜十娘了。他肉体一盘散沙，精神却越来越纯正。

　　这都是叶兆言的本事，他以对人性的深刻理解，从一个侧面深刻地揭示了生命内在的支配力量。他在书写日常生活的隐蔽、放纵以及宽容的同时，表达了他对人的情感、精神、价值观与道德观等的思索乃至困惑。不是吗？不是有许多人对传统的从一而终的爱提出质疑吗？甚至有人认为，一根筋的爱是可怕的、消化不良的爱，是专制制度的产物。南京作家荆歌就调侃说："对于性啊，爱啊，执迷不悟啊，古往今来，谁明白谁倒霉。不管是上半身下半身，搞明白了，明白透了，一点劲儿都没有了。"当然，荆歌虽然写字写得有点出名，但这也只能是他一家之言。叶兆言在《我们的心多么顽固》中，从不这样说，他只是冷静地不回避地给我们说事，说老四和身边一些人的事，打知青下放时一直说到现在。许多情节、许多细节让你无法忘记，没想到叶兆言的文字进入人的身体也这么顽固。

他的朋友苏童读了这部小说感慨道：叶兆言近年来的写作彻底放下了架子，越来越多地考虑小说的可读性和耐读性，经过多年的摸索和调整后，其小说的空间更显明朗而宽大，俗中见雅，对人性的探索也抵达了令人满意的深度。我以为非常中肯。叶兆言的作品我当然没全部读过，但可以肯定地说，他以前从来没有这么大胆地写过，写了一个性欲那么强的男人。叶兆言在后记中提到"这部小说让郁闷已久的兄长情结得到充分宣泄"。我想来想去还是不得要领，作者心目中的兄长是这样的老四吗？也许是，为什么不呢？也许老四这种样子的兄长才显得更具艺术生命张力。他在痛苦中泛爱，他在泛爱中痛苦，情感——欲望——灵魂，这之间有多大的距离？凡高把自己的耳朵割下来送给一个妓女，而老四每一次情欲燃烧时，也只剩下身体的存在、本能的存在，他的"爱"也因为"泛"而变得随意、暧昧，似是而非、鸡零狗碎……

如今的社会，性爱信息的芜杂，性爱途径的直接可以说是产生"老四"的温床。看过这样的一个抽样调查，记不得是说中国还是外国，说是青壮年夫妇每年的性生活次数女的是153次，男的是186次，这是一个说得过去的数字。这说明除了"老四"这样的男人之外，其他的男人在家外面决不仅仅是喝酒嗑瓜子。因此，我有理由相信叶兆言塑造的这个"老四"会给男女读者们留下深刻的印象，尤其是知青读者，老四在农村插队八年，他由内而外地打着知青的烙印。

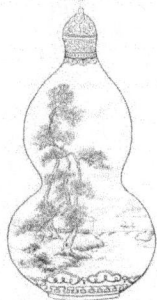

陆

游痕

秋天的湿地之旅

　　这里是洪泽湖湿地，是块以水诠释美丽的地方。生长在江南的我，从小对湿地并不陌生，家乡就有湿地，只是不叫湿地，叫涝泽，叫沟汊，方圆不大，那里也有鱼虾菱藕，也有芦苇白鸟。可是到了洪泽湖湿地，我才知道什么是辽阔，什么是浩渺，什么叫湿地气概！这是一片真正的水乡泽国。水草茂盛，林木参天，栖息的鸟类就有190多种。船行其上，藻波奔突，气势阔荡，神秘莫测，揉碎一天烟云落霞。据说当年乾隆帝到此，曾挥毫留下"水乡泽国，人间仙境"八字。这偌大的湿地，还是地球的肾，能有效降解地球上滋生的有害毒物，保护环境，蓄洪防旱，维持生态平衡。

　　湿地之旅尽得秋趣，车刚入洪泽湖西岸的江苏泗洪，首先冲击视觉的是秋天里一排排参天白杨，笔直的身杆，阔大的绿叶，蔚然挺拔，真的具有一种临风之美。植物像是地域的商标一样，它告诉旅人你身处何方。我想同行的那位著名作家许辉，看到这些杨树，一定会更亲切，会回想起童年，因为杨树后面那片平坦的长满庄稼、凿着水井、走着耕牛的土地就是他的故乡。

　　车朝湿地深入，另一种植物蜂拥而至，那是无边无际的芦苇，纤弱的它们组成芦荡竟有了浩荡霸气，遮去湖泽中的菱藕、飞禽、草木，遮蔽了一切，甚至游弋其间的木船和游人，一入芦荡，也了无影踪。这让我想起儿时看电影《小兵张嘎》中的芦苇荡，想起抗日烽火中的白洋淀，想起《沙家浜》，一切以芦苇为背景的物事，涌向心头。仿佛芦苇成了一种象征，民族的正气，大国的坚韧，都在这里得到见证。傍晚时分，我们分舟进入芦荡，真正领受了无边的美景与无边的风寒。置身芦荡深处，才知芦荡里还有水面辽阔的秋荷，荷叶田田，虽过了花期，却能散发与芦苇迥然有别的荷香。惊飞的水鸟，划破暮色，瞬间在苇丛中消弭。

湿地早晚温差大，我与同样衣单的女作家王英琦坐在一起，各自瑟瑟发抖，我使劲抱紧救生衣维持体温，无救生衣可抱的她实在忍受不了湿地侵骨之冷，像孩子一样嗷嗷叫喊："再不回岸上我就跳湖啦！"同船人哈哈大笑，一位著名的老诗人故意吟诗调侃："寒气从裤管升起／穿裆而过／带走所有的温度……"芦荡中一船人冷并快乐着，都称此为终生难忘的湿地之旅。

水与水间隔之地，隐约有闻名的洪泽湖螃蟹爬行，果然回来的路上，有人在公路上撞见巴掌大的螃蟹，它正在散步，立即被人捉拿。光亮处，你会发现那蟹的背上长着一个明显的"H"字样，据说这是洪泽湖螃蟹特有的标识，并有着美丽的传说。除却传说，在对"H"的解读中，洪泽人还有自己的认识：在宇宙学中，"H"是一个神秘的符号，承载着远古时代宇宙神秘的暗示。在考古学中，古代占卜术之一，就是把龟甲火烧之后看其裂纹占吉凶，而"H"就意味着大吉。哈哈，在洪泽湖吃蟹，你能吃出许多文化来。

湿地之旅的秋趣还不只是蟹，还不只是"蟹肉上宴百味淡"的美食体验，更有泗洪千年美酒双沟大曲让你唇齿留香。双沟，早年就是淮河上的著名津渡，两岸垂柳丝丝，浅滩芦荻飞花，轻舟往来，渔帆点点，被誉为中国自然酒起源的地方，最具天然酿酒环境。酒坊里数百年的老窖一千三百多条，有道是"千年老窖万年糟，好酒尚需好酒窖"。在这样的古董窖里酿出来的粮食酒能不香醇无敌吗？泗洪人骄傲地说：中国有很多的名酒之乡，但那里不出名蟹；中国有很多名蟹之乡，但那里不出名酒。惟有泗洪酒好蟹肥！

你若想 "把酒持蟹观美景"，那就来吧，来洪泽湖畔作一次秋天的湿地之旅。

西安咏叹

　　西安给我的第一印象就是保留完整的古城墙，映衬在护城河上，透着威严和肃穆，仿佛是这座城市悠久和凝重的标签。这座城里的贾平凹说，要看中国现代文明去上海，要看中国历史文明来西安。我来了，却有些茫然，眼前除了这些古城墙，实在看不到古都风范。这里曾是古代丝绸之路的起点。提起丝路，你会想起什么？悠悠的驼铃，曼妙的飞天，俏美的胡旋舞，还是洞穿天籁的歌声？现在这里一样也没有了，只有或大或小时尚的店面，只有寂寂谋生与远来休闲的各色人等。西安的风吹不绿灞桥的柳色，鸾鹤翔舞的盛世长安，自信富足的汉唐长安，变成了眼前的模样，新不新旧不旧，土不土洋不洋，时间是古怪的魔术师。

　　不过我的失望只停留了短短的时间，随着向西安纵深处走入，我又开始重新仰望西安，大街小巷时不时露出昔日皇城的余韵。

　　西安街道和北京一样都是正南正北、东西交叉，保留着古都范儿。西安街道的名称和北京的胡同、上海的里弄不同，多以坊、门、巷、市命名。如：长乐坊、书院门、粉巷、东木头市、西木头市，还有我们去吃泡馍的大麦市等。导游姑娘说，东西木头市是当年繁华的商品市场。百姓买日常用品都要去这两个市场，时间一久就引申出了"买东西"一词，一直沿袭至今。

西安为什么能成为盛极一时的世界都市？和一些人一样，我也平庸地想这个问题，虽然大了点。

这里是黄河流域，水量充足，土地肥沃，早有"八水饶长安"之说，不过如今只留下泾河和渭河了，"泾渭分明"的典故就来自这两条河流。还有我喜欢的唐诗"渭城朝雨浥轻尘，客舍青青柳色新。劝君更尽一杯酒，西出阳关无故人"也出在这条河边。有了这些地理上的优势，西安自然成为历代王朝建立都城的首选。从西周的镐京，秦都咸阳，到汉高祖刘邦首次用长安作国都名。后经文景之治，到唐朝建都长安，又有贞观之治、开元盛世。长安达到鼎盛，现存的四方古城仅有当年唐长安皇城的大小，是皇帝的寝室和办公室，相当于北京的紫禁城，但是面积却比北京紫禁城要大得多。

长安从鼎盛到衰退，主要原因应该有以下几方面：一是随着人口增加，任意采伐，自然资源被逐渐破坏；二是政治的原因，随着中国疆域的变化，政治中心由西北移向了中原、江南和华北；三是战争的破坏也让西安饱经风霜，项羽火烧阿房宫不只是传说，战乱此起彼伏。盛极而衰，好像总是这样的，包括一些个体的人。所有王朝的没落除了自然灾害，沧海桑田，其他方面都大同小异。时间不会永远只宠一城一国。中国正在复兴强大，重振国威是国人的梦。如今西安人，其实内心深处都是存有一份骄傲的。他们也正在努力使这座老皇城保持应有的尊严。

女儿要购物，晚上去了大唐不夜城。据说这座新街是西安人为了改变过去游客来西安"白天看庙，晚上睡觉"的局面而建的，现在的确成了游客与市民休闲购物的天堂。

大唐不夜城的中轴景观大道是一条1500米横贯南北的中央雕塑景观步

行街，有盛世帝王、历史人物、英雄故事等主题群雕，立体展现大唐帝国在宗教、文学、艺术、科技等领域的至尊地位，皆为大国气象，据说是目前亚洲最大的景观大道，看上去令人欢喜。我觉得这是西安人的一个梦立在这里。这也体现中国对待历史文化以仿制为主的保护态度，也算是中国特色吧。但不管怎样，唐文化总算开始复苏，虽然还只是流于形式，也许终究有一天会让来这里的人领悟大唐文化的真谛。我在那幅"水能载舟亦能覆舟"的雕塑前转了一圈，觉得很有意思。只有太宗、魏征那样的君臣相合，才能呈现出那样的盛世。我还觉得如今的西安作为一个特大都城的地位在中国依旧不可替代。闲坐在灯火不夜的街头，很想找几个有笔墨过往的西安朋友聊聊天，获过冰心文学奖的庞进，给我们晚报赐过稿的高建群就在这座城里……听他们拉拉西安家常多好，可惜来时匆忙，落下他们的电话，只能独自瞅瞅，独个儿回味回味白天看过的秦俑坑与帝王妃子洗澡的干池子了。

西安小吃

西安回来我说写篇游记，女儿说别写那些史海钩沉，累，写点小吃吧。如果时髦点，题目写上"舌尖上的西安"什么的。我不想那样做，其实就是小吃。在大麦市我们一家山吃海喝时，我忍不住要想，当年秦皇、汉帝、唐太宗都吃过这些东西没有。这想法只有坐在这里才有。陕西的饭食不以菜式出名，最负盛名的是各色小吃。网上有吃客以古诗调侃：床前明月光，想喝胡辣汤；春风又绿江南岸，明日要咥臊子面；月落乌啼霜满天，虎皮辣子烧三鲜；君问归期未有期，来盘地道葫芦鸡……入诗的这几道我们都尝了，特别是葫芦鸡，来了两只。但我想说说的还是最朴素的几样小吃。

先说泡馍。最有名的是羊肉泡馍。不喜欢羊肉味道的，试试牛肉泡馍。此外，还有葫芦头泡馍，其实就是猪大肠泡馍，但要注意，清真馆里不要提此类东西哦！泡馍的馍是很有讲究的，要用上等的面粉被烙制得半生不熟，然后由顾客自己用手掰碎放入汤内泡后食用。我们吃的是由机械设备自动掰碎的小方块块馍，据说没有手掰的好吃。师傅端出一碗香喷喷的有汤有肉的泡馍，搭配一碟糖蒜一碟辣酱，解油腻又提味。特别是糖蒜，让孩子她娘意犹未尽，回芜湖后还从网上购回一箱来。

再说凉皮。这凉皮也分三种，面皮、擀面皮、米皮，配上面筋碎，调上酸酸辣辣的调料，一个字：爽！制作面皮要先用纱布包干面粉把面筋洗出来，把溶有淀粉的面浆放进俗称"锣锣"的金属蒸屉里蒸熟，放凉后切成条，就是面皮了。而米皮就是直接把米粉和水调匀了，再蒸熟切条。凉皮的特点在于：滑、韧。至于味道嘛，则完全来自于丰富的调料。这一点跟芜湖的凉皮不同。

肉夹馍当然不得不说。刚刚出炉的皮酥里软的烧饼，用刀切平切到九分之八，再夹上剁烂的肉泥。咬上那么一口，肉里还浸着鲜美的汤！肉夹馍的饼烤得很讲究，嚼在嘴里又脆又松软，而肉呢，在一口大锅里炖得酥酥烂烂的，两者配一起真是恰到好处，既不干涩也不油腻，这种肉夹馍又被称为"腊汁肉夹馍"。还有一种夹馍叫"孜然炒肉夹馍"，它是将现炒的孜然炒肉夹到馍里。孜然炒肉的配料主要有：牛肉丝、青辣椒丝、绿豆芽、辣椒、孜然等。其实肉夹馍就是馍夹肉，不知西安人为什么要倒装一下。

西安城的小吃还有很多……作家马略词先生说："小吃是一部舌尖上的历史，别看不起眼，能够长久的保留下来，一定是浓缩着一个区域人们的智慧，记录着一个区域人们的经历，同时彰显着一个区域的文化。"作为古都，西安的厚重同样体现在这些小吃方面，本文没说到的锅盔、水晶饼、柿子饼等都好吃得要命。西安真是食客应该去的城市，那些小吃热量大，解馋，今天吃了明天还想吃。

格拉条与大枕头馍

对家住江南的我来说，去阜阳次数很少，很难说清楚阜阳到底有哪条美食街，有多少上规模的小吃摊群。如果说对阜阳美食有什么记忆的话，恐怕只能说出两样来，那就是格拉条与枕头馍。

先说这格拉条。

第一次要格拉条，是听别人吆喝着才要的，待格拉条盛上来时，我吓了一跳，有这么粗的面条吗？可是待拌上佐料吃一口，又香又韧，很有劲道。当时，我看到店主是将煮熟的格拉条捞出来，放到冷水里浸泡，随客人要凉要热。若吃热的，放回锅里烫一烫，拌上葱花油盐芝麻酱；若吃凉的，佐料拌上就能吃。通常老板还会送你面汤一大碗，边吃边喝，像现在吃兰州炒面一样也是送汤的。

格拉条，名字不雅，模样也不像拉面那样精，但却是阜阳的特色小吃，有着安徽北方土地上的粗犷风味，是种大俗的食物，有一种打动人心的原汁原味。阜阳的朋友告诉我，吃格拉条应该豪放、大气，来到摊子前，你只需大声地一吆喝："一大碗，多放点芝麻酱和辣椒。"吃的时候，也可以吃出响

164

亮的声音，坐在这样的旧桌椅旧板凳上，大可不必太斯文，别人不会很在意的。

面条很粗很长，芝麻酱也都很粘，这个时候你真的不能拉上一根慢慢吃，那样是很惹人笑的。你只要抬头环顾四周，不管是拉板车补皮鞋的底层劳动者，还是带着金边眼镜的知识分子，都会一大口吃下去，嘴巴包得鼓出来，嘴边有粘出来的麻酱，再猛喝一口汤送下去，继续吃，三下五除二吃完以后擦擦嘴走了。

再说说枕头馍。

这回是阜阳一位作家朋友招待我，上的是一种叫大胡子的大卷子馍馍。他说，最流行的称呼叫枕头馍，它也是众多阜阳小吃里有特色的一种。我个人感到，这种枕头馍的特色，首先是大，足有三四斤重。我说，这么大家伙吃得了吗？作家朋友说，吃不了可以兜着走。客随主便，我只有看着他如何将这"大块头"消灭。只见他薄薄地切下两片，夹上薄薄的两片牛肉，递给我。完全是汉堡的吃法。我咬了一小口后，滋味真是不错，便不顾形象大嚼起来，直吃得嘴角冒油。两人很快将这只"枕头"风卷残云一般收拾掉，肚子也成了出怀的女人。没想到这么不起眼的馍馍，如此筋道、甘甜，嚼起来满口喷香。

吃完后，朋友让我带了几只，顺带还说了一个关于枕头馍的美丽传说，让我一块儿带回。说是南宋年间，金兵攻打顺阳城（阜阳城的古称），军中一位兵卒新婚燕尔，妻子送夫出征，采下新熟的麦子，去壳，辗粉，连夜做出一只硕大的馍，饱满粗大，形如枕头。妻子叮嘱饿了吃它，累了睡它。兵士到了军中，拿出宝物，传开后，众军嫂与母亲效仿，结果大大地鼓舞了士气，士兵们果然靠它击退敌人。后来，枕头馍就这样流传下来。

我想，阜阳的这种小吃之所以令人难忘，与它凝聚的文化是分不开的。

云南纪行

　　下午三点多到达昆明春城，入住机场附近的宾馆。昆明气温凉爽，街头见陌生的树，开着黄花。晚餐品尝云南菌菇，汪曾祺写过的那种，味道不错，还吃了几道没有吃过的野菜：一道是海棠花，另一道是嫩松针。海棠花略似油菜苔；嫩松针像极嫩茶，味也清淡略涩。没有饮酒，以普洱茶替代。

　　次日去大理，路上看到著名的滇池，导游背诵了那副中国著名的长联——昆明大观楼长联，以前是读过的，是一本书法帖中，不过导游只背了上联：五百里滇池，奔来眼底。披襟岸帻，喜茫茫空阔无边！看东骧神骏，西翥灵仪，北走蜿蜒，南翔缟素。高人韵士，何妨选胜登临。趁蟹屿螺州，梳裹就风鬟雾鬓；更苹天苇地，点缀些翠羽丹霞，莫辜负四周香稻，万顷晴沙，九夏芙蓉，三春杨柳。

　　下联是这样的：数千年往事，注到心头。把酒凌虚，叹滚滚英雄谁在？想汉习楼船，唐标铁柱，宋挥玉斧，元跨革囊。伟烈丰功，费尽移山心力。尽珠帘画栋，卷不及暮雨朝云；便断碣残碑，都付与苍烟落照。只赢得几杵疏钟，半江渔火，两行秋雁，一枕清霜。

166

我知道这位作者老年穷愁潦倒，靠写字卖文为生，才气没有给他生前赢得富贵。

在大理，我见到了武侠小说中铺陈过的苍山、洱海，这里有四大特色：风、花、雪、月。导游对这四景进行了注释，刮什么样的风，开什么样的花，落什么样的雪，出什么样的月，说得头头是道，令人向往。不过当下的苍山上只能看到一些风车而已。

下午在白族看了古民居，吃了著名的白族三道茶，看了白族抢亲等歌舞表演。在古镇转了转，到处都是银铺，银铺的门口有一些做手工的银匠，这里的人很注重银饰品。

车上，帅气的谭导介绍纳西族摩梭人走婚的习俗。说走婚的人都是本民族之间，很少接受汉族人，怕他们走过婚后就不见踪影，以后连孩子买奶粉的钱都不给。他的话让我有些汗颜，我希望有一天走婚的摩梭女人不只迷恋纳西族汉子，也喜欢一诺千金的汉族同胞。

沿途我还了解了云南的恐龙谷，那些村寨居民的墙壁上绘着恐龙图，简约知道了这里恐龙的发现过程，还了解到科学家一直不解此处恐龙死亡之谜：为什么当时恐龙头都面向东方，为什么这里一直没有发现一颗恐龙蛋化石。历史就是这样，时间一长，事物就成了谜，许多揭秘也非真相。

白天还吃到一些以前没有吃过的水果：小香梨、人参果（白萝卜一样外形），吃到了大理风味的饭菜，体会了高原的阳光灼人的痛，见识了这里女人的勤劳，她们都在田间劳作，不过现在也能看到男人的身影在一边帮扶她们了。

晚上逛丽江古城，窄窄的街，卖着各种商品。土布披肩、木雕、东巴文化衫尤其多。平行相连的另一条街上，各具特色的酒吧一家接一家，还见识了标识性的大水车和那个著名的"一米阳光"酒吧。一路逛下来，买了姜糖、葫芦丝、披肩，特别是披肩，我是左挑右选的，我看到那些来观光的外地女子与当地女子，披着这样的披肩，宽松浅媚，很好看的，不知缺了这古镇的背景，能否重现披肩的风情。

在这里还看到一些从前没有看到的建筑物。作为一个古城，古建筑是必不可少的风景，徜徉在古城的大街小巷中，随时可能有一栋经典的建筑闯入你的眼帘，打动你的心。

纳西人的建筑从建筑学的观点看，只有两点是比较独特的，一个是山墙的封火墙——四方街入文巷口就看到那么一堵；一个是山墙上檐板交合处，中间有一个仿佛很随意垂下的木雕小装饰品。因为这个小装饰最初的造型是鱼，所以它被叫做"悬鱼"。这是从专业的角度看，从旅游的角度看，这两点倒是显得毫不重要，重要的房屋，纳西人的住所无论住的是什么户型，纳西人家必不可少的是宽大的天井和厦子。他们所住的庭院是家居生活的中心，或者说，是纳西人家的"起居室"，在阳光和月光下陈列着他们的生活品位。

丽江的天黑得特别晚，晚上八点了，天还没有完全黑尽。一天内的见闻太多，一时无法记录与消化，但记忆零星在心里会渐渐浮起的：如看不到带空调的民居，因为这里气候宜人，不需要空调；如山顶上处处可见的风车，这里风大风季长，可用风力发电。这些景象会留在记忆中。

去玉龙雪山之前，先看印象丽江表演，纯净的嗓音、粗犷的舞蹈和身后神圣的雪山有如天成，震撼了全场观众，据说这是张艺谋为纳西族人排演的，场面极恢宏。

当演员骑着马儿沿着盘山公路一样的实景舞台奔跑时，当纳西男人站立在马背上呼啸时，当殉情的男女悲怆地挥手告别亲友，当弟弟呼喊着离去的姐姐时，当纳西人天籁一样的歌声突然升起飘向雪山时，当绚丽多姿的民族

168

服饰整体绽放时，我真的难以抑制自己的感动与震撼，我忘记了那高原太阳出来时的灼人，忘记了太阳被云层遮住时的寒冷，我被深深地感动着。当年，神秘的茶马古道横穿整个亚洲腹地，丽江大研古城繁盛一时，后来，随着古道的没落，这座精妙绝伦的小城也淹没在了崇山峻岭之中。一直到改革开放以后，丽江和茶马古道重新走进人们的视野。

上玉龙雪山，当然不是顶峰，据说这还是一座从没有被人征服的处女峰。山峰只能遥看。一路上原始林中倒了许多树，那些树身上有厚厚的青苔，有粗长的藤蔓。看到牦牛，看到海子，看到丽江特有的碧绿碧绿的水。

在东巴谷体会了独特的东巴文化，看到那个石头堆出来的敖包，敖包周遭飘荡着白哈达，还看到大片怒放的波斯菊，玫红的三角梅和东巴人的庭院与水井。

在写着茶马古道的道路上，我敲响了祈福的锣鼓，我看到了纳西人的小木屋，那些黑黑的木楼上挂着玉米、辣椒，还看到东巴（有文化的东巴人尊称）为游人写下吉祥的话语。在丽江的源头，我看到据说只有那里才能见到的三文鱼。

下晚时欣赏"丽水金沙"舞蹈，民族服饰鲜艳，表演风趣俏皮，这剧院里的舞蹈，比之雪山脚下的雄浑之舞，显得华丽而喜气，是另一种感受了。

购物是云南游的一个内容，很多人来到蝴蝶泉边的寸家大院，这是一个著名的银店。本来不想买东西，但听了对寸家大院的介绍，看到琳琅满目的纯银饰品和生活品，仍按捺不住冲动，为家里那位买了一款我认为很精致也很漂亮的银手镯。银匠可以当场免费刻字，有人写"相爱永远"，有人写"吉祥如意"，我想了想让银匠也刻上四个字："一起变老"。这恐怕是我一生中做的最浪漫的事了。"一起变老"有相守的意思，更有对时光人生的莫奈何。

下午游了崇圣寺，又名三塔寺。崇圣寺非常恢宏，背倚苍山，面向洱海。我在最显赫的佛殿大雄宝殿，像许多游人那样给左中右的三尊大佛行礼，没有进香，只丢些零碎香钱。无意中听一位地导说：人争一口气，佛争一炷香，对佛的祈愿是要通过袅袅香烟表达的。我不禁有些许失落。我想：佛观世界众生，未必是通过缕缕香烟，佛眼无处不在，一切尽在心善心诚而已，有言道：心不明来点什么灯，意不明来颂什么经，大斗小秤吃什么素，不念慈悲斋什么僧。这样一想，倒也神清气定。

从崇圣寺出来，就向楚雄赶路，车上，导游说了楚雄地名的由来，好像是"楚地雄起镇边关"，是与一名古时征战的将军有关。他还说了茶马古道的由来，这是古时西南的另一条"丝绸之路"，有茶马藏道与茶马官道等说法。听这位帅气的小伙解说，是能够将以前零星知道的东西在心里串联一下，变模糊为清晰，长出新的见识来。

去"七彩云南"之前，观赏了阿诗玛的故乡——石林。那里的奇石的确可谓鬼斧神工。但也有人调侃：远看大石头，近看石头大，石头实在大，实在大石头。不过，哪一处景点能令你有相见恨晚之叹的，多半是来了不过如此。名胜如此，名人尤甚。

见识了云南干花。这些经过脱水的干花，不仅有花的形，而且有花的香，更奇妙的是这些干花中，有一类是可以随着环境温度的不同而发生色彩改变。有的紫变蓝，有的白变黄。干花也是昆明的特产，云南这地方植物花卉之丰富，是其他省份难以比上的，北至哈尔滨，南至海南岛，所有的南北植物，几乎云南都有。

晚上从昆明飞西双版纳。走出机舱，一股热带雨林的气息包围过来，这里海拔比丽江低多了，气温也明显高起来。第二天在西双版纳的原始森林徒步，穿过森林，沿途看孔雀放飞，看许多不知名的树与花草，见识了扶桑，它正开着红花，告诉我树名的是一位见习导游。

　　森林里有一些参天大树倒下来，为了保持这里的原始自然面貌，就任其倒在竹片修建的栈道上。有些树干长得薄薄的像一面板墙，而且是自然生长，没有人为的因素，真是奇怪的树形。印象较深的是一种藤深深地长进一种树的身体里，据说这种藤的叶子可以治疗毒蛇咬伤。我当时想，这树的周遭一定会有这种毒蛇出没，大自然的一切都是相生相克的，总能达到一种平衡。还有两棵倒在一起的，因为相互支撑着，时间一长，居然合二为一，两棵树长在了一起，不同的树干，不同的树叶，却你我相融。

　　在森林间吸新鲜椰子汁解渴，出森林后，看孔雀放飞，其实是喂食孔雀的一种场面，只见一个少哆哩（当地年轻女子称呼）口哨一吹，对面山上孔雀一只一只相继飞来，振翅、滑翔、落地、奔跑，显得很美很舒展。这时好几个身着傣族服装的少哆哩，一把一把撒食。孔雀听着哨声不断觅食，吃完了，又被这些饲养员赶到对面山上。听一位当地导游说，当年宋祖英在这里唱歌时，录制人为了让孔雀纷飞做背景，有两只孔雀相撞，掉入湖中。

　　晚上在一家公园看"湄公河之夜"演出。湄公河流经中国、老挝、缅甸、柬埔寨、泰国、越南六个国家，被称为"东方多瑙河"，流经中国的这一段河流被称作澜沧江，从前在小说电影里多次见过，已深深留在脑海中，几十年后的今天来到河边，看到两岸丰茂的植物，看到它并不汹涌的流水，内心却有些汹涌澎湃。像我这样的人，一生中见不到几条著名的河流，更莫说品味它。在这样的河边观赏湄公河之夜，是人生一段难得的体验。晚会上民族舞蹈很精彩，台上台下互动其乐融融。晚会结束后，游人还放许愿灯、跳篝火舞，跟着演员们围成一圈，不相识的游客手拉起手，很放松，脸上洋溢着本真的快乐。

　　白天还体验了傣族的泼水节，虽然这不是泼水节的日子，只能称作泼水活动或游戏，但换上傣族服装后，男女分成两排，手拿塑料盆勺开始对泼后，一时间水花四溅，欢呼尖叫一片，其快乐却一样的，一场水泼下来，手臂都酸了，可见有多投入。加之此前在爱伲山寨"抢亲"，与长相俏丽的爱伲族姑娘留影，听她用不太标准的普通话告诉我一些当地的习俗，虽无真情，却有真趣。

旅途人生，体味良多，对家常的日子是一种有意味的颠覆。

云南之行的最后一天，去普通傣族人家做客。这是一个自然村落，那户人家有个女儿叫玉波，是一个身材苗条、能说会道的傣族已婚女子。从进门伊始，她就介绍她家木屋的一楼只摆放农具、杂物，别人家也这样，二楼才是住人的地方。傣族女子地位很高，男子地位低，一般男子嫁给女人时，家中要送上几百棵橡胶树作陪嫁。这里的农民家境如何，主要看他家拥有多少棵橡胶树，橡胶树是傣族人家最主要的经济来源。

除了嫁男不嫁女外，女子地位的高还体现在，她们可以以适当的理由休掉男人。但她们也很辛苦。男人给她家干完三年活后，就可以悠闲度日了，斗斗鸡、打打牌、做做饭。如果三年后，女子还不能让男子过上好日子，那是要被人耻笑没用的。像卖水果、卖银器挣钱的事都是女人的，女人承担着养家糊口的重担。这里的很多男人会选择入寺院，因为寺院里的男人是需要众家供养的，且需读过书有文化，肩负着保持延续本民族文化的责任。这里的女子很少读书，玉波说她是例外，她读了高中，是她们村的女状元。

傣族家中来了客人，要睡在堂屋的席子上，席子都是傣族女子亲手织成的，有各种图案花纹，她们的手很灵巧。客人晚上睡觉，要脚朝门口，意思是他们只是过客不会常留在家中，而那些被女子相中，拟做倒插门的男子，晚上睡在客厅，要头朝门脚朝里，意思是他们以后不走了，会成为家中一员。他们在这个新家中，要经受三年的考验。第一年要砍好家中三年所用的柴火，接下来要亲手打制四件像样的银器送给自己的女人。

傣族人对银器情有独钟。西双版纳这地方属亚热带雨林气候，一年内分为两季：旱季、雨季，有一半时间在下雨，很潮湿，所以傣族吊脚楼的一楼不住人，因为怕潮湿得风湿病，但佩戴银器可以祛寒。玉波给我们介绍了银器治风湿的单方，还展示了她老公给她打制的银腰带。那是一根纯银腰带，带着她的体温，在我们手中传递，不过做工略显粗糙，但玉波很宝贝它。有一位东北客人听了她的解说后，扔下一万元，要拿走她的腰带。她追赶上客人，还钱。她说自己的银腰带是不能给别人的，给了银腰带，等于要休掉自己的丈夫。

当她在娓娓诉说傣族风俗历史的过程中，拉近了与客人的情感。此时玉波开口说道："大家一进门就看到我面前这块大红布了，等了这么久，一定很想知道红布盖着什么吧？"说完揭开红布。呀，原来是一些银光闪闪的银器，有银碗、银筷，有手镯、项链，有戒指、腰带，有耳环、吊坠，真多，于是大家开始掏钱买。有玉波那么多动情的故事与传说铺垫，谁还忍心袖手旁观呀？小银器多是手工打造，我曾看到银匠使用铸造、焊接、掐丝、镶嵌、抛光等工艺，他们一生沉浸在银子里，编织一年四季的时光，一代、两代……不过这些卖银器的钱玉波自己不收，要交到村委会去。她自己卖银器挣的提成，也要捐给寺庙一大半。

银器与女子，是西双版纳留给我的另一份记忆。

世博是送上门来的世界文明

上海对于外地人来说本身就是一个充满魅力的大都市，冰炭同炉，海纳百川，再加上百年首遇的世博会，上海就与南非足球一样，成为全世界一个最热的名词。

进了世博园，处处可见浅蓝色的海宝，瞪大眼睛，微笑着招手。先参观不用排队的展馆，如越南、缅甸之类，别人说那里不好看，但展出的古陶瓷、演奏的民乐、异域风情的服饰歌舞让你如置身异国他乡，渐渐感到世博会就像一个巨大的博物馆，每个参馆都是一个标本，透出各自生动的气息。大部分展馆在世博会闭幕后就会消失，我们的游览体验将是一次性的，所以特别珍惜，每到一馆前就想留影，因为再也没有"旧地重游"了。旅行有很多种，旅行的目的地也有很多种，世博是别样的风景，别样的体验，何不让世博会成为我们出游的借口呢？我的一位在上海做教授的朋友打电话给我："世博是送上门来的世界文明，不能不看的。"

即使不去上海，只要上网浏览一下，也能感受到世博会是一个文化推销平台，无需抵触这一类型的旅行消费，在曾经游览过的"世界之窗""锦绣中华"的集景公园，我们企图通过假景观获得真感觉。模拟与真实的调诡互动，其实也是世博会的吸引力之一。当我们兴冲冲地走进世博园，明知那不是第一手的体验，仍想看看每个国家和地区的"真实"模样。

如果说芜湖方特游乐城的"维苏威火山"之类的微缩景观看上去"像"真的，那么各国带来世博园的国际文化体验则"是"真的。很多展馆都给游客准备了民族音乐、地道美食和文化节目，在展示设计方面也各显身手：英国馆内部洒满光雨，以表现英国的潮湿气候；比利时馆带来了闻名的巧克力和钻石；奥地利馆再现了雪山、森林、湖泊等自然风貌；特别是节奏明快的非洲打击乐，鼓点穿越时空，带给我无尽的异域想象。

有人说，世博对于已发达国家来说只是鸡肋，是中国运用举国之力将它变成盛事。因此我很想知道的是上海世博种下了什么种子？又会有什么收获？但愿是种瓜得瓜，种豆得豆。

大家都明白世博是看人也是给人看的盛会。邀请外国朋友来弘扬各地文化的同时，我们也开放了自己最繁华的经济腹地供人品说。展馆布置再好，展示的毕竟只是一国一地文化的浓缩。法国的浪漫、西班牙的热情、沙特阿拉伯的华贵，全都是经过筛选的局部展示。世博是个嘉年华，卖点是展区设计和视觉效果。小小的展区里扬长避短不难，真正备受考验的，是上海的真本事，还有所有中国人的素质。大家都引颈以待，看上海有没有雄视天下的能耐，保留其固有特色的同时，亦能以现代化的语言跟全球文化沟通和接轨。

看着队伍里，一些从各地奔赴而来的大叔、大妈们，排着队，啃着鸡翅膀，吃完把骨头草草一丢，嘴上的油还未擦净，就急忙地进馆参观了，不到10分钟就出来，继续奔赴下一个场馆排队，我心里总有些虚。

年轻人是队伍中的重要角色。在匆忙逛世博的间隙，我问过几个参观的八零后为什么而来，其中一个说参观世博只为了一个目的，便是看看各国文化有什么区别，来凑凑热闹。我又问感受如何？小伙子说：说真的，参观展馆，看看图片展览，再玩玩多媒体玩意，究竟能让人了解多少文化风情，感受有多深刻？再者，短时间内吸收这么多资讯，消化得下吗？除阅读看电影外，我从来不喜欢被动地学习，逛博物馆也好，听课也好，缺乏互动，专注力只能维持十几分钟。真不知这是否是我的悲哀，游世博好像游博物馆一样。

另一个青年说：初到上海，观察上海市容之余，亦感受到上海的文化气息，这种文化气息的建立，青年人成为重要的角色。他搭乘上海地铁期间，看见一个二十出头的大男孩，拿着一把吉他，背着刻有"卖艺赚钱"的布袋，在车厢唱起歌曲来。他唱了两个车站，看世博的乘客都听得如痴如醉，慷慨解囊，很多人为之感动。原来上海有这样的空间，亦有这样的年轻人为上海增添文化气息。于我而言，这也是世博的一部分。

我与结伴而行的同事高君，跑累了就坐下来喘口气，望着水一样涌来涌去的人流，我突然感到这世博园像一个站台，而站台都是两头开闸的水库，顷刻间把盈盈储水泻空。被淹没的动身和抵达，开始和终结，便全部裸露出来——世博也很像这样的站台，巨大的站台。暮色四合，华灯璀璨，世博园变得更绚丽了。我与高君掏出世博护照细数上面加盖的各色印章，他感叹说：多数人都像孙悟空一样到此一游。我说，就是呀。细数起来，一辈子能真正了解与熟悉的地方不会很多，大家都是走马观花。明天就要离开了，那么多的重量级展馆，因为排队太长而没有进去，真的让人留恋又无奈，也不知道何时才能再来，而再来时是否"寰球同此凉热"。

上海，一座让我恋恋不舍的城市，那些黄浦江边的老房子，那座不止一次经过的外白渡桥，那片外滩不夜的灯火……还有熙熙攘攘看世博的人流，都交汇叠印在我的脑海里，成为不去的影像。

小格里的天，是明朗的天

　　生在南陵，就是李白别儿女的南陵，却是第一次来到南陵境内的小格里，也是第一次知道小格里是地球上同一纬度植被保存得最好的原始次森林。满山杜鹃，几潭清波，处处鸣禽，小格里的天也格外明朗。在山道上行走，人的心情就变得晴朗起来。这里真正是人与自然和谐共生的典范。

　　我是来参加新农村建设笔会的。当地的领导梁部长强调，新农村建设是深层次的，而不是 20 世纪 70 年代那种单一的规划建房，结果是"只见新房，不见新村"。梁部长常常走乡串镇。有一次在农村基层干部会议上，他即席作了一副对联送给基层的村干部，上联是：官小责任大，下联是：钱少事情多，横批是：不干不行。这副对联看似简单，却相当准确地勾画出农村基层干部的生动形象，"不干不行"，建设新农村是干出来的，不是吹出来的。其实，人生中成就每一件事都可以说"不干不行"。

　　当地的镇长说起这片热土也是如数家珍，从天然养殖、花卉培育、烟草种植一直说到生态旅游的开发，这些都是他们的强项，而且目前建设新农村有一个良好的大环境，工业支持农业，城市反哺农村已成为中国决策层的共识。他觉得建设新农村，就应以人为本，移风易俗，是物质文明与精神文明的协调推进。

在风景如画的天然氧吧小格里，我们开着笔会，无拘无束地交谈，中午吃着绿色的饭菜，很美好。我为家乡有这样的父母官高兴，也为有缘结识小格里庆幸。我们中国人虽然不是每个人都有宗教，但基本上心中都有自然，有时在红尘中不堪疲惫时，就很想到自然中寻求安慰。那么你就来南陵小格里吧。风月无古今，情怀自深浅。小格里，会给你的心情带来一片同样明朗的天。

作家阿来在谈到他的写作态度时，说他很珍惜自己的才能，他说："如果才能真是一个天赋的东西，那更不能滥用。一定要很小心，不要让它浪费掉。所以那些可写可不写的，可要可不要的，我都让自己放弃，因为我没有权利去挥霍。"小格里得天独厚的资源，我们当然也不能滥用和浪费，即便是开发，也当是保护性地开发。建设新农村，建设小格里，其实就是建设人与自然共生的一种和谐幸福的范本。我们要爱护并且尊敬大自然，也可以说是理解大自然吧。理解与惧怕一样，都使人服从。只是理解的服从更发自心灵。

　　还想去小格里，还要去小格里，小格里的山是多色的山，小格里的水是清澈的水，小格里的天，是明朗的天！

柒

碎影

浮光碎影伴流年

1

南怀瑾先生说：佛为心，道为骨，儒为表，大度看世界。技在手，能在身，思在脑，从容过生活。从容过生活是一种境界哟。

在人生的中年，我有一种伤感常常袭来，我觉得有多少的美好滋味还没来得及品尝，自己的牙齿就有些松动了，这是多么让人怀念时光的事情。《叶芹草》是普列什文的一篇散文，其中有这样一段："有人将整个内心生活都寄托在一条狗的身上，于是这条狗的生命，就比物理上任何伟大的发明都更具有无限现实的意义。"读到这段时，我有一种豁然开朗的感觉，我突然记起自己曾编发过的一篇叫《怀念狗》的文章，我想假如是更为深情些的怀念，就是属于这样一种了，比如童年时和一条狗，或者老人与一条狗，在这样一种非常单纯的人与动物之间，常常会有常人难以理解的深情出现。我觉得在我们的生活中，有些时候，人们常常把一些很美的情感当作泥沙一样忽略了，看不到蕴藏在其中的美丽和至善来，这就是人类感情普遍粗糙的原因所在。普列什文还说：森林从来不会空的，如果你觉得空，那是你错了。因为在那些你认为空的地方，有很多你看不见的小生命，比如几只蚂蚁，比如蛰伏的小虫，总之那里肯定不会是空着的。其实一个人只要经历过，它的内心就不会是一片空白，他总有一些情感留在自己心中的一个角落，会在无人的寂静中复活起来。因为只要爱过，只要真诚地爱过，任何一个理由都不能成为被忘却的理由。

有机会我要再好好地读一读普列什文的《叶芹草》。只有书才是我们心灵最妥帖、最可靠的安慰。我们有时候不是被别人欺骗，而是被自己欺骗。我想，一个人能够在走过一段路后回过头来看看自己的脚印是件并不多余的事情。如果等走得太远了才想起来回头看看走歪了没有，那时就不大可能来弥补一些失误了。

我们被自己欺骗的地方，常常是欲望丛生的地方。我们被自己断送的地方，也往往是欲望丛生的地方。我想，我们不是不要人生的欲望，没有欲望和没有信仰一样让人无所依托。问题是不能荒芜自己的田园，人生田园的季节太短，这就需要有一个能动地调节自己欲望的本领，简单地说就是要学会控制自己。缺少控制力的人，就容易被一些他碰上的事物卷走，像一根木头被洪水卷走一样。等待他的是不可知的漂浮。

2

生活这个东西，是件很有意味的事。你太认真，累；你太不认真，又烦。意大利有句谚语：应该关上的是自己的钱包和嘴。可是，我们做得到吗？不要让别人生活里的麻烦强加到自己的生活里，我有时在心里这样告诫自己。可是等到别人找上门来求我的时候，我的心又软了，不由自主地为别人开始操劳起来。我不是律师，可是我为别人写过六次答辩状；我不是老师，可我给几千个小孩教过作文。我就是这样一个矛盾的人，常常被自己感动又被自己埋怨。

人生识字忧患始，这是任何一个人都无法避免的，像我这样出身寒微的人，这种感觉来得更早也更甚。我曾在一所乡村精神病院呆了十年，每个夜晚病人锋利的嘶叫刺破我内在的宁静，欢情像夏天的雪糕不吸它也会很快融化。年复一年，当许多的不如意劈头盖脸砸过来时，只能徒叹：天地何心穷壮士，白发无端日日生。也许你出生的家庭比较好，人生初期的道路有人给你铺平了，但这种铺平不可能是一生一世的，命运总会在某个时刻来一次提醒，让你看见它狰狞的一面。

人有时是永远长不大的，即使到了中年，在心智或情感上依旧可能存在一种难以言说的幼稚。所有的后悔，就是一种佐证。我是一介书生，我没有办法摆脱一个读书人心中的那点清高，那点虚荣，那点软弱，那点本能的上进心。我固执地坚持着某些东西，虽不实用，但并不是没意义。我讨厌那种与品质有关的粗俗和恶劣。我相信自己一路走来时，辜负过一些人，也伤害过一些人，但一定是自己也陪着伤痕累累。我最怕自己的心倾斜着内疚。我叮嘱自己作文煽情而别矫情，做人多情而别滥情，其实这二者是相关联的，可以想象一个落笔满纸矫情的人，在生活里一定也是一副假惺惺的样子。

我欣赏有才情的异性甚于容貌，我认为只有毫无东西拿得出手的姑娘，才把女人本身就具有的自然资源看得重要。这个社会里，男人的容貌好像没有女人的容貌那么直接地给人生带来效益。所以男人更需要靠后天的努力立

184

身。我这样平庸的人，如果不是痴迷一件事情，是很难在这件事情上做得比别人好。古人说勤能补拙，是真话。我觉得如果我这一辈子一事无成，那不是因为我比所有成功的人笨，而是因为我比所有成功的人懒。在很多的时候，我们都是临渊羡鱼，而没有及时退而结网，导致自己不能成为同时代的人在某方面的榜样。我就这样一天一天将光阴打发了，在我意识到的时候，我感到沉重。

3

"你的美丽让我心痛"。我不知道这句歌词是谁想出来的，但我可以肯定这不是凭空生造出来的，一定是有感而发的。有许多情感上的东西虽然可以凭着人生的经验来加以揣摩，但特别准的东西，非亲身感受不能为。我们是这个世界的旅客，我们要想写出对这个世界的见闻，我想旅行越多的人，写起来更方便一些，因为只要他们愿意就可能对这个世界多一种直观的发现，这种发现成就了他们一些道人之不能道的本领。有人说，行万里路，读万卷书，这多半是有道理的。但要是写出打动心灵的美文来，我想还需有丰富的情感体验，否则，就会写出似是而非的东西。尤其是情感上的东西，把握得不好就会适得其反，让人感动不了你的感动，让人悲伤不着你的悲伤。

艺术是一个人的悟性问题，文字也不能例外，这是毫无疑问的。我比较倾向慧心论，同样是需要学习，但是禀赋是内因，没有这个基础，一切就是徒劳的。同样面对生活的变故，思想常常成为抉择的因素。比如说，一个女儿劝母亲不要因为父亲有了外遇就与他离婚时说：婚姻好比两个人的一盘棋局，中途他可能停下来喝口水，看看窗外的风景，或者是去浇会儿花，但他只要还能够将这盘棋下完，心思还没有完全离开这盘棋就不要去离婚。这是朋友小说中出现的一个细节，我总是耿耿难忘。我总觉得那个女儿是具有慧心的。

那天在酒桌上，几杯酒下肚，人的话就多了起来。一位豪饮的先生边脱外套边说：人生就是脱脱穿穿！细细品味很有些意味，的确是这样的呢，从赤裸裸的出生后，不就是年复一年的脱脱穿穿吗？而且因为这脱脱穿穿的内容不同，人生也就呈现出千姿百态来。而且这一"脱"一"穿"两个动词，把人生的那份庸常与重复说得很到位，似乎还有那么点"食色性也"的意思在里面。

在酒桌上，大家还谈到那个名叫孟尝君的古人，说他如何会用人，如何将一些鸡鸣狗盗之徒也能用上。据说，孟尝君一次被堵城内，因急着出城，就让手下的人学鸡鸣，看城门的人以为天已快亮就放下跳板打开城门，孟尝君等一行人不费吹灰之力就顺利地出了城。所以孟尝君能成为春秋战国四君子之一，能成为一个被历史流传下来的名士。这些人物虽然以前也接触过，课本里也读过，但时过境迁，好像又陌生了，而在这样的场合重新听到有人喷着酒气说出来，印象就格外深了。这还让我记起京戏里的盗马贼窦尔墩，明明是盗马不盗名，却流名百世了。读书的人，常常因为手头没有了书，他的空虚就变得无边起来。

4

找一个我爱的人还是找一个爱我的人，向来被许多人加以讨论。其实多数人还是选择我爱的人，因为这个比较容易做到，而爱不爱你，主动权就不是在自己的手中了。再说了，别人说爱你也不见得就是真爱你。而你爱不爱一个人心中是有数的，会有一种特别感觉的，有了那种感觉，你就可以选择了，这岂不是简单得多？另外如果把这二者完全隔离开来也不好，爱与被爱有时是相互渗透的。当然这种渗透多半不是永久的，它是可以随着时间和双方各自的经历不同而发生改变，但幸福是我们生命永远追随的本质。

一个成熟的社会人，不管是男是女，只要心中守着一个度，没有必要把纯洁的人类精神同压抑本性的生活方式硬扯在一起。

因为你要得太多，太奢侈，太完美，所以你总在迷惑。你在憎恨别人向世俗、肉欲屈服的时候，自己也无时不在顺应世俗的召唤。你不停地调适自己的心理来让自己好过点，你不停地受着外界的影响改变自己的信念，但你却偏偏不能心甘情愿地改变，偏偏为着自己对世俗生活中所有的妥协而痛苦。太过认真，在潜意识中你不得不怀着犯罪感生活。

有一个美国的短篇小说《穿越高谷》中说："女人分为两类，一类是处女，一类是母亲，在这两者的中间阶段，我们尴尬地无所适从。"我觉得这不仅是女性，对男性亦然，不统一的道德要求，使他们打心眼里憎恶某些异性，却又离不开他们。没有人能够告诉他们怎样摆脱在两难之中举步维艰的苦恼。亲人不行，朋友不行，相处的异性中没有一个有足够的精神高度和意趣来仔细打量他们伪装过的痛楚。我觉得我身处的这个世界，已经变得有些无耻了，权力与金钱成了催情素。所以要惩治腐败，正本清源。

昨天我看到一个网络写手说：写作对于人就像下水道对于一个城市那样。这种比喻在某种意义上来说是非常生动的。写作或者其他纯粹些的爱好，的确可以排泄一个人精神上、心理上的污秽，就如同城市的下水道让城市变得干净一样，宣泄过的人也会变得轻松和健康。生活中有多少人还没有找到这样的下水道，因此，生活就多了一种危险和郁闷。

5

　　我就是这样地做着一些卑微的事，想着一些卑微的事。在这样的一个季节里，我就这样看着光阴从我的身边悄悄地溜过去，我的心看起来与一潭死水无异，但我是清楚的，我的心还没有死，我的心里在渴望着爱，是那种命运的眷顾，是那种期望里的高度，我觉得我自己生来就缺少命运的眷顾，我不能完全理解我为什么就这样轻易地走到中年的行列里来了。我过得伤痕累累，也把自己弄得脏了，没有保留多少干干净净的地方，我没有了干干净净的心情，我不太能爱上别的人，自己也不值得别人去爱。我就是这样在生活着，一些人尊敬着我，一些鄙视着我；一些人欣赏着我，一些人盯防着我；一些人遗忘着我，一些人寻找着我。我过着一种不咸不淡的人生。我没有能力去过自己欲望中的生活，我只能活在梦的半途，我只能这样为着一些日常的生活内容而忙碌。但我却由衷地钦佩一些人，他们好像对生命有一种永恒的意识，总是在兢兢业业地做着同一件事，总是希望自己做得尽善尽美。

　　我就缺少这种永恒意识，我总是被一些突然来到的悲观情绪打击得心灰意冷，我就是这样让自己都无法把握自己。总是在孤旅，而一个人的旅行就像一场没有结果的单恋，所有的结局就是一张回程车票。

　　但惟一能够挽救我的是书，还有打字。我喜欢用打字的方式记下一些浮云一样游走的思绪。在我们的生活中，许多的东西你一天一天地记录下来也许会觉得小而琐碎，但积数年回头便集腋成裘。今天我读那个卖书人范笑我写的那本《笑我贩书》就很有这样的感慨。从一些局部看来，都是些小小的细节，但一旦整成一本书来就蔚为大观了，其中充斥着许多有意义的东西，所以说做一个有心人总能走在时间的前面。

我有一段时间已经没有写文章了，这是不能放下来的。任何事情就是在那一松手间变得前功尽弃的。不是所有的坚持都是执迷不悟，不是所有的坚持都竹篮打水，多半情况下，一个人只要坚持，就能看到坚持带给他的回报。

我偶尔读过杜宪写的一篇文章，写她与陈道明的婚恋生活，我对陈道明跟杜宪说的那句话尤为触动。他说，我们要存上等心，结中等缘，享下等福。这话说得多么通透啊。他鼓励杜宪要始终以饱满的热情面对观众。是的，我们有什么理由让别人来承担自己阴晦的一面呢，不管我们的内心多么茫然。这让我想到我的读者，作为编辑和作者的我，无论如何都应该用一种积极向上的精神面对他们。调整生活，有时不是靠别人而是靠自己。不能把自己生活里做糟的事情推到别人的头上。人到中年，有一点是最明白不过的，那就是不论何时，都不要轻易丢开书，其他的爱好都是零食、副食，书是主粮，也是防止自己思想苍白的良药，对于我而言，抛弃书就是抛弃生活。

6

中年男人总爱讲到权力之类的话题，说多了就会使人觉得你不是愤世，而是愤慨没有人来给你官做。一个人要是真正的淡泊，就不会把权力、欲望总挂在嘴上，这一点就是一个傻瓜也能想得到。一个不惑之年的人，老是对这个世界发牢骚会让人觉得滑稽可笑。社会的某些现实存在，是任何一个人都无法扭转的，我们有时需要的是适应，不是反抗，这种现状就是我们所处的这个社会给我们每个人的礼物，而不是奖品！还是热爱我们的生活吧，我们没有理由活得愁眉苦脸，愁眉苦脸会在我们身心上打上烙印。我的朋友伍立杨君在他的一部著作中说：一个人到了40岁应该对自己的相貌负责。我觉得很对。人就是这么奇怪，一方面劝慰着自己，一方面又放纵着自己，让自己总是在一种颠簸中寻找着平衡，而岁月就是这样一天一天地过完了，青年、中年，之后是老年，然后就进入风烛残年，所谓生趣就是活着时候的一点一滴的满足。

生命一经活到这个地步就等于活成精了，一些良知被经验压榨，一些激情为世故平息，它们就那样在经验的范围里按部就班地生活着，总是那样让你无懈可击，却又总是让你感到心慌无奈。生活之无味和无趣就是因为世故的人太多了，多得让你无法左右。这些好像就是生活的真相，我们有许多人不愿意揭穿它，觉得这样的面具就是他们喜欢的态度，他们在这样的生活里如鱼得水，他们一点也不觉得这样的生活有什么不好。真性情在他们眼里是一种浪费。

但一个勤奋的人，一个持之以恒的人，终究会做出一些成绩来的。前些年收到天津《散文》原执行主编贾宝泉先生的信，信中说：荆毅，趁年轻、精力好，多写点作品，切记！我觉得惭愧，这是一个过来人的由衷之言，我不能不有所警惕，尽管写作上我从来就没有什么信心，可是到了人生的这个阶段我还能再做什么呢？在荷兰阿姆斯特丹的一座大教堂上写着这样一句话："事情已经这样了，就不能再那样了。"我觉得这一句话说得多么准确又多么无奈呵！这句话响彻在中年的天空。那些覆水难收之类的比喻说来说去不就是这个意思吗，你已经这样了，你还能怎样？如果你一定要那样，那就别怪生活无情了。有些时候连你想黏出去也不可能了，这是生活的法则，也是生活的无情。我们的用心和努力最好现实一点。

在佛、道两教中，我觉得道教是更近人性的。人，哪怕是介于神鬼、佛魔过渡的中间，也是不可忽略的一个漫长的存在，修来生我觉得不如修今生，今生是个非常现实的东西。它是能够让我们展望的，而不是那种虚无缥缈的只存于意念中的东西。修今生就能够让人享受今生，让人看重生命的存在过程。"修"就是一种追求，一种痴迷。

一个人一旦对什么东西着了迷，他就发挥别人意想不到的潜能，他就会想尽办法去向他心中向往的目标靠近，会为这件事情付出自己的所有而不悔改。有时在别人眼中这种痴迷会让人觉得不可思议，会招来嘲笑，但正是这样一种痴迷才会让人抵达或靠近期望的高度。

7

乡间的一切总是在一些时候给人心灵以无可言喻的快乐。田野里的禾苗，屋舍后的柿树，菜地里的甘蔗，满目色彩，视野空旷，窗户外徐徐的清风，还有走在竹篱田埂边的小狗，卧在水塘边的白鸭，悠悠的蓝天白云，纯朴的农家少女，一切教人生流连的念头。每次回到这样的村景中，就有一种发自肺腑的喜悦感甚至归宿感，这也许就是中年情怀。

我们总是要等活得比较老的时候才能发现一些最为简单的道理。经验是什么？经验就是时间换来的智慧，不过经验的积累，有的人用时少一些，有的人则多一些。就像了解一个人，必须要有一个比较深入的接触过程。有时候你觉得这个人是一个简单的人、世俗的人、贪财的人、居心叵测的人、快乐的人，其实那只是你的猜测，他可能是一个深沉的人、内心藏着伤痛的人，还保留着一份真诚的人，有时他的天真一现像阳光冲破云层，他被这个社会伤害过，他只是本能地提防着这个社会。他变得看重金钱，那只是因为金钱使他受到过屈辱和压迫，相比较而言，金钱是最实在的能够给他带来好处的东西。当你对他的了解越深入，你有可能会对他产生一种真正的喜欢。这是一种什么样的喜欢呢，可能是人与人之间一种真正的情感吧——一种脱离了许多功利的情感。

我们目下所处的这个社会，许多东西都变得弥足珍贵，比如说感天动地的爱情。这个世界如果你要是不太为着别人着想，只管着自己去寻找快乐，你完全能够找到快乐，但却不容易找得到幸福。在当下，如果你有一颗高尚的心灵，你怎么能够幸福？如果你没有一颗高尚的心灵，你怎么能够寻找到幸福？

可有的时候，我们对这个世界还是饱含着温情，偶尔在心里会涌动着一种类似爱情的东西——莫名地惦记着一个女人，希望能看见她的身影，想在电话里听听她的声音。你明知道这是一种危险的情绪，是一种没有任何结果的情感，甚至是一个情感陷阱，因为这种情感来临时，你怀念的可能不是一个具体的女人，可能只是存在于你的幻想境界中的女子，可你依然无法控制自己的念头。这是因为生活的平淡造成的，但人只有在一种有所期待的心境中才有可能涌起创造的激情——浑身被一种薄雾般的浅愁笼罩着，心里有着许多的不甘，并且心境是格外的宁静，有一种倾泻的欲望，有一种用文字与心灵对话的渴望。

一个人在怀念着的时候，他是很少有豪情和壮志的，他只是像一个孩子那样怀着纯真的渴盼等待一份幸福的来临，独自坐在电脑前，忘掉了一切，只剩下精神的独白。一些纷扰消失了，这时候，人的心地是非常清洁的，像一场厚厚的冬雪把大地上的污秽都遮盖了，世界变得单纯又美好。这个时候人真的非常渴念爱情，渴念有个温暖心灵的女人陪伴在身边，轻轻相拥着，只轻轻相拥着就足够了。当然这个女人多半不是自己中年的妻子，庸常生活里的碎片，让妻子此时已经不可能有耐心来扮演这种角色了，她们多半成了柴米生活的伙伴。有些男人在安静的时候是怀念女人的，怀念那种能够轻轻走进自己心灵的女人，而后又一切照常地回到现实生活中。经过了如许岁月，有些伤口细小并不致命，疼痛却弥久不散。他们神情里的悲伤是什么，那是被别人放弃后的茫然，但不是绝望，他们有时航行在夜里，以为那细针尖一般引航的灯光会突然消失，但最后总露出那一点橘色，那是中年男人黑暗中硕果仅存的希望。

8

从发表第一篇文章起，我已经断断续续地写作了二十几年。我算不上一个作家，我只是一个写手，一个愚顽的写手，我纵容了自己在一种无难度写作中逗留的时间太久。我的青春与生命在一些无奈的文字中旅行。热爱写作的萨特说："写一部长篇的、优美的和重要的著作比拥有一个好的身体更重要。"中国的路遥是他这句话的实践者，一部《平凡的世界》将他生命的灯油耗干。贾平凹开始也这样，后来就不这样了，他开始写点毛笔字，画点写意画什么的，他笔下的墨水开始洇开了，变淡了。可是我仍然喜欢他的文字，也仍然喜欢他的态度，为什么要为文字献身呢？活着，健康地活着是重要的。

当然，当初遭遇好的文字时，那份心底突起的感觉叫我不知如何描绘，只觉得与她相逢的那一瞬，整个灵魂都变得富饶而丰盈。现在就没有了吗？也不是，好的文字仍然能让我心灵起伏动荡，哪怕那文字是一些被人司空见惯了的歌词。我不记得在什么报刊上曾读到过巴勒斯坦国歌《我的祖国》：

"我曾越过高山峻岭投身战斗，我曾排除万难越过鸿沟。我的国家，我的国家，这不朽民族有强风般的决心和枪杆的怒火，有决心为我的民族在国土上奋战到底。巴勒斯坦是我的家园，巴勒斯坦是我的火炬，巴勒斯坦是我复仇的永恒土地。我的国家，我的国家，永恒的民族国家，我在旌旗下向国家民族和苦难的烈火宣誓，我必须生存，我必须行动，我必须牺牲，直到光复我的国家，我的国家，永恒的民族国家！"当时，电视机正在播放巴以冲突的新闻，画面是硝烟和死亡，这让我更读出了歌中充满着的因悲怆无奈而生的焦躁，咄咄逼人而又乏韬略，受伤的总是他们——心中装着火焰的巴勒斯坦人。我记住了这首歌。那时，我很想知道老和他们摩擦的以色列人的国歌是怎么写的。

　　过了些日子，我找到了。那是一种完全不同的意境，自信、平静、清明而又绵里藏针，有一种内敛的力量。你听："只要我们胸怀里还藏着犹太人的心灵，面向东方的眼睛，我们将成为自由的人民，立足在郇山和耶路撒冷。"类似这样的文字，如今还是能够不动声色地打动着我，启迪着我。

　　我常常想，如果我是一个残疾人，我会不会在对文字的领悟方面上一个台阶。司马迁让我觉得，只有肢体残缺的人，才能翻过一座高峰。曹雪芹却说，生活在风花雪月里，比体味宫刑更难受。于是，我只有空荡荡的感觉。时间依旧温厚地包裹着我的生活，也包裹着周围人的生活，一任我谵妄地猜测它还没有向我展开的奥秘。在平日里，看到熟悉的文友取得好成绩——获得文学奖，我依旧羡慕。智者说，人在中年，如在山巅。可是我总看不清未来的面目。有人宣言："功名于我如浮云"，我也可以在一定程度上傲视金钱或权贵，但我却无法傲视那些在文字上真正有成就并摘得荣誉的人。文字是一种与自然界一样的风景出没在我的视野里，只有文字才能表现出人生复杂的味道，能够驾驭文字是一种幸福和幸运。权势只让我服从，文字能让我折

194

服。每个人心中都有一块撼动不了的价值牌标，它像岩石一样屹立在你必经的路口，指引你行走的方向。

9

活到中年，经历了许多人生的冬天，自然对冬天有了更多的宽容。"晚来天欲雪，能饮一杯无"，多半是中年的心境。最是这样的夜晚，喝完酒拥衾酣读乃十分惬意的事。对于中年来说，读书之乐远胜于谈话之乐。谈话要费口舌，有时不该说得太现实的，一说便俗了；有时不该说得太理想的，又偏偏矫情诗意了，这都是谈话的不易处。而读书则不同，趣则深入，无味便罢，静静的，无人相扰，一切有灵性的东西都在书中。偶遇书中谎话，观其形扔之，两相无伤无碍，不似谈话，且诉且答，懈怠不得。

夜读中行老人《负暄琐话》中的一些篇章，这样的文章我都是断续读的，一来是我很少有整块时间一气读完，二来也失去了少年囫囵读书的心气，然而中行老人冲淡的文风，所录物事中的文化魅力，使我读得暗自唏嘘。常常是眼见着淡极处，突起一句智识之语，洒下锦华几行，让人惊得回味全篇。

比如说《红楼点滴》篇中，写梁思成在北大讲中国建筑史，听课的居然全是旁听生。为突出北大课堂自由自在的氛围，文尾这样写道：梁先生像是恍然大悟，于是说："那就看看有几位是选课的吧。请选课的举手。"没有一个人举手。梁先生笑了，说："原来诸位都是旁听的，谢谢诸位捧场。"说着向台下作了一个大揖。听讲的人报之以微笑，而散。

这一段是多么传神的句子，一个教授辛苦备课上讲台，原来没有一个学生是"本系"的，都是来旁听的，他非但不沮丧生气，却要感谢台下人的捧场，深深作个大揖，一个何等心襟的谦谦学者风范。白描状情态，只有能驾驭冗繁的人才能为之。正如周汝昌先生在该书骥尾篇中评价的：中行先生是深爱民族文化的人，像他论砚一样，那是外有柔美内有刚德。其用笔，看上去没有什么花俏，而实际上绝非平铺板叙，那笔一点儿也不是漫然苟下的，没有真功夫办不到。愚以为这种功夫，除了文化的底子，还需要岁月的积淀。读一个有内涵的老者文字，果真像一颗橄榄，入口清淡，回味则甘馨邈然有余。

但读这样的文字同样需要年龄与文化的底子，所谓"枯桑知天风，海水晓天寒"。周汝昌一直担心现在的年轻人体味不出中行先生文中所传达的妙意，但一个中年人就不同了，多半是能懂得能体味书中所述物事妙处的。书里的事虽时过境迁，文化的趣味、人性的情味永远相通。人到中年最不能认同的是浓艳，中年人明白"音高弦易断"；中年人也不能认同号角，号角是硝烟中的吼叫，是宁静里突兀的壮烈，与优美隔得很远。

中年的阅读所期许的是唤起生命的意识，唤起文化人的同情心。中年人最能理解文字外的文人，知道他们没有一呼百应的幸运。文人，特别是写作的文人，是需要用整个身心去热爱自己生活的方式，热爱文字所具有的灵性，以及坚信文字对于人的精神的超度，对于自己平凡人生的超度。

10

当一个人将心深处的某一块净土出让时，他一定有所震动，他会觉得他失去了一个可以骄傲的空白。这些本来是一个成长中男人的空白，没有时，他可以以此为傲或以此为念，而一旦有了时，他就失去了一份做人的纯真，有一种万劫不复的堕落感。如果说堕落的时候有短暂的快乐，那么这快乐将是罂粟般的快乐，你需要用更多的痛苦来偿还。

但生活中不断有人去吸毒，去婚外恋，去损人利己，他们不愿为短暂而又漫长的人生守节。在责任和义务、道德与本性、情欲和操守之间，悄然而没有宣言地书写自己的生活和生命。所以有人感叹，人生在塑造自我的同时也是一个把自己弄脏的过程。原本拥有的生命净土，在不断彰显的人性弱点面前，一再地丧失。越到中年，这样的感受越明显。这些或多或少污染了自己的人，不是恶人，不是异人，他们消融在人生的常态里，你可以评价他，但你很难以纯洁的名义对他进行审判。

可是我仍然喜欢中年，因为人到中年看世界更加透彻。到了中年，沉湎不醒的事少了，即使是爱情这样的事，也多了一份投石问路的迟疑。有人说中年人的爱情，只是心间一截殷红的残烛，那一点温暖，那一点亮，再经不起冬天的风透着朽损的心扉一阵阵地吹。可是中年人的爱又像是常川有备，一触即发，尤其是中年男人，目光常是越来越下，有些秋行春令的味道。

生活的空间犹如一座庞大无垠的建筑，在这个屋宇下有着无数的房间。我们多数人只识得居住的房间以及相邻的一些房间，只熟悉那些通常的门和窗户，有更多的房间始终是关着的。那里面有什么你一无所知，所以越往后穿过的房间越多，向那些陌生的房间寻找一种快乐、幸福、新奇，可找到了吗？也许你找到了，但也许从此就掉入陷阱，再也找不到归途，再也回不到属于自己的那间房间。然而人们总是在生活中游荡着，有的是鹰，有的是燕子，有的是麻雀，在这个无垠的屋宇中，有着如宇宙黑洞一样难以抵达的地方，你的手永远触摸不到它的门环。

中年人或老年人的怀旧，其实是难舍青春里能够招之即来的憧憬之情。

中年人眼中的世界完全变了。天上的月亮不曾有任何改变，而我们的心境却是寒水上的瓦漂，自觉没有一个好的落脚点，却又无法止步，最终，便无可奈何地沉没了。惟其如此，一个中年男人在精神求索上的努力，才格外可贵。

11

人生是一次不归的旅途。

我不知道是不是因为人生不能复归，所以才让一些人留恋地记着日记。只有长到开始有了爱情时，一个人的日记才开始装进活色生香，心中萌动了爱情，日记里的文字才变得生动起来。生活本身就是那样，会绝处逢生，会乐极生悲，而无论你走到哪一步，日记都是你最好的退路，你可以向它述说一切。

到了中年再写日记，好像有点不合时宜，可我仍然喜欢。总想买一本特别厚的日记本，最好厚得和我的生命一样长。我觉得厚厚的日记本，就如同厚厚的台历，可以有更多的记事空间，而如果是浓缩的挂历，密密麻麻的日子之间就有无处下手的感觉了。

我希望自己每天的日记都有一些真性情的文字，让我日后回忆这一天能够获得一种真切的感受或安慰，而实际上这不可能，一个人不可能每天都让记录下来的文字精彩，这不是文字能力，是生活本身的缺陷所在。有句谚语：发出声音的河流，不是有水就是有石头。我们生命之流不是每天都有这样的"水"和"石头"。

但日记最好还是坚持写。写日记不比写文章。文章如果做不好，明里暗里都会有人与你比。日记则纯属私人性的，爱怎么写就怎么写，想怎么记就怎么记。特有的体验，意外的遭际，纯粹的，混沌的，是种原生态，是对生活自发的不作虚空的期待……我们不必寻觅一种主题，一种深远的思想，只要唤起一点点自我意识就足够了。日记不像文章总要出新。历史到了今天，差不多一切都阵亡了，还有什么留给我们第一次表述，第一次体验呢？写文章难呀！但记日记有不断发现的乐趣。

和许多人一样，我的日记中有许多对于情感的记载与思索。年轻时，每个人心里都有一个天使，都有那种不顾一切的爱恋，在这样的爱恋面前，钱没有用，名利更没有用。身边没有一个懂你的爱人，没有一个温暖的怀抱，这样的男人或女人，越出色就越悲凉，所以处在那样一个谋爱的时刻，谁都就近抓住他最爱也最信任的人。可笑吗？一点都不可笑，人会本能地去要最基本的东西，这跟时代没有太大的关系。有时候我回头翻翻自己的日记，发现原来在生命的每一个路口，都有一个隐秘提示。当时自己茫然不知，只能在中年回首时，才淡淡地领悟出忧伤的来源。

我常常听到一些走过爱情的男女感叹："从前，是呀从前，在我刚刚开始恋爱的时候，无论如何我也不会想到自己会过这样的日子。"这时候，如果他们偶尔翻出从前的日记就会有恍如隔世的感觉。他与她的关系就会显得沉闷而且微妙。人生有些风浪是不动声色的，但它一样的可以把一些要紧的事物摧毁。我们可以想象，如果这样别扭着的一对男女走出家门，他们各自遇上了情感世界相似的异性，都是在他们至爱的人那里没有得到他们坚信的那一份东西，这样的情形下，他们的情绪就会相当配合。像电影《廊桥遗梦》记录的那段出轨的感情一样，都是有种绝处逢生的意味。由于这份中年的情感是在重压之下得以喘息，所以它的表现形式就会更加的忘我激烈。

我曾经在日记中写道：再相爱的人，朝朝暮暮生活在一起，仍然是一种考验。不断地以日记的形式教育自己，洗涤自己，指引自己。日记就是记点好，和人说话，有时只能就事论事含含糊糊，一些场合还不可讲原则性的话，否则别人会和你翻脸伤和气。而在日记中，你可以说出那种接近本质的话。比如你的妻子化完妆问：我还拿得出手吗？你当然要说，拿得出手。可你在日记中则可以说：笑话！拿得出手？我的老婆拿给谁去？

所以我说，人到中年写写日记并不可笑或多余。它与微博不一样，日记能营造另一个自我的世界。

12

看到一个标题"秩序比爱更重要"的文内有这样的话：林黛玉似的爱情，只会制造紊乱。对于大多数男人来说，爱情只是生命过程里一个环节，他们在事业上的野心，远远大于爱情理想。《史记》里说尧想考验舜，把自己的两个女儿娥皇和女英都嫁给了舜，这是一个很棘手的局面，搞得不好就弄成三个人危险的关系，也会影响他平天下，但舜是一个高人，他让两个女人相处得很融洽。不知道他用了什么办法，但一定与爱情无关。再伟大的爱情都带着不稳定的基因。

女人为爱情低头，男人被梦想折磨。有朋友说钟情的人或事，隔了层远意，能抚慰你却再也伤不了你，不是爱情不是婚姻，有一个人记得他，他记得你，记得而已。一点淡远的有意，或者无意。这是典型的女性语言，真切、坦诚、释然，是一个曾经沧海的人真悟或真知，有点沉静，也有点柳老不吹绵的怀旧之痛。性别角色给女性带来不同的"价值"取向，她们需要安全的环境以便传承生物的和文化的基因，这也正是我们感觉到的温暖、家园和亲情依恋的主要来源。

200

看尼采情人乐莎美的传记，她有几个"伟大的情人"，他们很智慧，其中一位讲了这样一句话令人感慨，大意是："人生如朝露，我不能长期拒绝生命里的温暖。"说得很好却不一定对。正是基于同样的原因，我们在生活中偶尔也是为了那样的温暖，去踏上没有出路的旅程。无知无畏，牵起手，幸福了彼此，也改变了彼此；松开手，就有了弥久的伤痛与记忆。曾经的时光，所有的花朵绽开，只有相爱的人含苞待放……

有时候，人在寂寞时会难受而且难耐，所以有人惊言孤独有毒，堪比吸烟！这时，孤独会有攻击性，意志力弱些的，难免找一些无聊的人，做一些无聊的事，所谓不做无聊之事，怎遣有涯之生？可之后是一片空茫。时时能够平静自己、充盈自己的人，真是一种道行。他们兀自走着自己的路，做什么都没有明显用力的痕迹，从容、淡定，内不绷紧，外不张扬，始终向着目标，一派"处处绿杨堪系马，条条大路通长安"的达观。真羡慕这样的人品才智，可是不大能学得来。周国平说："人品和才智虽然是可以改变的，但要有大的改变却很难。"有些东西就是生就的奈何不得。

回故乡，驱车颠簸在圩埂上，一些久远的记忆涌上心头。二十年前，多少个傍晚走在这条路上，朝东看，远山如黛，朝西看，落日熔金。不知不觉，时光已经流逝，饭桌上少年时的伙伴头发已经半白，人生何其短暂，而人生总在欲望中穿行，无休无止。我当然明白，四十岁以后，要做人生的减法了。减法却比加法难。

看书看到苏东坡当年因为写诗而陷入文字狱，差点丢了性命，在流放后都不敢写诗了，联想到时下文人的心态也不妙，觉得做一个文人其实是挺悲凉的，如果有一点经济基础也罢，否则就又苦又酸。鲁迅曾有诗言："弄文罹文网，抗世违世情。积毁可销骨，空留纸上声。"文人之苦是因为他体验世态炎凉比别人更敏感，又有一颗玻璃般的自尊心，结果不是自尊心被打碎，就是跨过文字的身体逃离。逃离不是彻底的，又常常回头张望，像红尘中发誓不爱的饮食男女一样暧昧。

13

那天，导航仪负责任地将我们一家三口带到南京林大。在这个绿树参天的校园，女儿要开始四年的大学生活了。报名时每个新生都要填写体检表，发不发热很被关注，因为赶上了甲型流感发威。估计全国新生入学都这样。一个帅气的小男生满头大汗提着女儿行李往宿舍引路，女儿居然甩手跟着，还朝我们做鬼脸。到了宿舍，我给女儿拉好蚊帐，铺好床，像当年我的父亲给我做的一样，人生代代，其情不变。所不同的只是一些形式上的变化，比如当年父亲挑担送我，而今我是开车送她。那时父亲给我几十元现钞，汗津津的，现在我给女儿的钱打在卡上。感谢生活，很想跟张也一起唱一首《祖国颂》。

学校规定大一新生不给带电脑入寝室，女儿只得将笔记本电脑留在车上，她很失望，要知道，整个暑假她一直离不开这个宝贝，这是她考上大学的战利品。八个人的宿舍，眼下有些热，女儿的下铺恰好是个安徽老乡。小姑娘长得比女儿高大，但她却夸纤细的女儿漂亮。给女儿办了新手机卡，我们打算离校，临行前她并无留恋之态，直到深夜才发来短信：爸，这里热死了，我想回家！我回信：明天接你回家好不好？她说：太好啦！我说：不想克服一下？她哼哼：这儿什么都不好，洗澡得走好远好远，还按秒收费，什么事都要自己搞，我累得都不想动了，过两天还要军训……说心里话，看到女儿满心抱怨，我根本不心疼，反而偷着乐，不经过这样的锻炼，怎么改掉她衣来伸手、饭来张口的毛病。她妈给她回信：这个周末天气就要转凉，过几天就适应了，相信你一定能行！女儿情绪渐渐平静下来，只说额娘别忘了经常往卡上打钱。

果然，过了几天女儿就懒得给我们发信息了，问她，说："我忙着呢，文学社刚开会讨论编刊物的事，礼仪部也有活动。"我与妻子相视一笑。一直希望女儿少些功利心，心存感恩，心存善意，过简单向上的生活。可现在人心情态有些不妙，一些年轻人甚至少男少女都戏谑："纯，属虚构；乱，是佳人。"而在成人社会里，名与利更是横行其道，想退一步太难。

因为女儿考上大学，侄儿考上研究生，二哥建议我们兄弟回趟老家，去祖墓祭扫一下。周末驱车回老家，门口长满齐腰深的野草，再看左右邻居家，只要外出谋生的，屋前都是这样长满野草，村子显得有些荒凉。大哥说刚从芜湖回家那天，通往他家的路被杂草挡住，是他拿刀砍出一条路来，现在隔一些日子就要砍一次才行，到了晚上路边常常游弋着长蛇。村子里年轻人都走了，老的太老，小的太小，人少空屋多，村子就荒凉起来。门前儿时戏水的渠道两岸，树荫穹盖，阴暗的水边草丛里，虫蛇藏匿，我断断不敢像当年那样下水洗澡了。二哥楼屋前的柿树挂果满枝，熟透落地的柿子爬满幸福的蚂蚁。推开宅门，里面竟有了马蜂窝。我的乡村已老。父亲和爷爷奶奶的墓地，几棵树已长成好大一片风景。贴近坟墓，回忆如风，遥远而恍惚。不禁感叹：人生是个圈！

14

　　我还想谈谈中年人的文字。

　　前些日子，我写了篇文章《随风而逝》，看上去披露了一场无人知晓的灿烂与凋零。这种情感际遇的文字自然会引起身边亲近者的关注，这也正常。从大背景来说，一切叙事性的文学作品都带有或多或少的自传因素。自传因素可以在某种程度上加强文字的真实感。不记得是哪位作家说过：有的人叙事把真事说得跟假的似的，没血没肉；有的人叙事则把假事说得跟真事一样，有鼻子有眼。对这种题材的书写，其实是每一个对文字有些期待的写手内心深处的欲望——那种重构自我历史的野心与梦想。

　　人到中年，见过爱情模样，明白爱情本身就是一个生命体，它会出生、成长，自然也要衰弱和死亡。他和她在一起，不管有多久，那些爱的记忆仍然像一张电脑磁盘，一样会受潮，一样会缺损，爱或者恨，都只是一种记忆碎片。那么恨一个人究竟能恨多久？爱一个人究竟能爱多深？如果将这些记忆转换成文字，就会形而上地化为表现同时代人精神上失落感的一种形式。

　　其实，只有伪装的人才不敢袒露自己。对于女人，他没有作为的时候，那是"守身如玉"；他有所作为的时候，那是"出淤泥而不染"。说心里话，我觉得中年为文，不可俗套，有道是墨陈如宝，笔陈如草。那种陈词滥调，密不见人的俗套文字，那种不能让读者从中推导出观念、动机、冲动以及情感的文字，就不能达到为文的目的，就没有独创性和灵魂。我喜欢女作家陈染文章中的一句话：关键是生命中的每一个阶段都不要空白掉，无论当作家还是做情人。复杂后的简单，动荡后的宁静，悲伤后的快乐应是中年为文与做人的一种境界。

有人说，生活着的人，会有一个狂妄的年龄，可我活到现在，内心从未体验"狂妄"的意味，只记得一些梦想、一些脆弱、一些感伤的时光一去不返。多半的日子模糊难忆，少许清楚记得的日子常常让我有一种记录它们的冲动。真正的伟人们似乎乐于写自传的不多，但别人会为他们立传，只有平凡如我、平庸如我的人，倒常常有些顾影自怜，写下自己一些琐屑的人生景况。但回忆是杂乱无序的，那种跳跃，稍纵即逝和涣散的状态，用文字真难描述成迹，尤其像我这种缺少结构能力的写手，要想记录下复杂些的事件，必得以某为经，以某为纬下笔。就是这样落了笔，仍然将许多的事件蒙在一种文字的粉饰里。

2003年，我用一年的时间，写完20万字的传体小说《一路走来》，如果有人预备着看一个小人物的隐私，那他会失望了；如果想走进一位小人物的内心，看看他曾经的梦想，平凡的爱欲，以及对周遭人世一点浅显无欺的看法，还是能感受到文字里散发的一点真诚、一点善良、一点朴素的光芒。从青年写到中年，我是多么想把自己经历过、感受过的庸常、复杂，我触摸过的美丑善恶，以一种平朴简约传递给读者。没有什么比挤压的心意更让人百转千肠了。原谅我对于语言和文字的无能和无奈吧，只有你自己也受过文字的压迫，只有你从青年写到中年还没出名，才能体会我现在的苦衷，我常常用手摸着自己的书稿自语：唉，这是一个让人苦恼、破灭的地方！

可是，我并不是天天这样自我折磨，现实中，我是达观的，我的苦难感多半是虎头蛇尾的，尤其是那天看到自己的偶像作家贾平凹因为没得到茅盾文学奖说的一段话，我更释然了。贾平凹说："我的不足是我的灵魂的能量还不大，感知世界的气度还不够，形而上与形而下结合部的工作还没做好……"

你看看，已经写出那么多好作品的贾平凹还在为自己的文字能力与文学胸襟苦恼着，我就别太在意了吧。中年为文，顺其自然的好，正如中年为人一样，要顺其自然。

"三千年读史，不外功名利禄；九万里悟道，终归诗酒田园。"这还是本文开头南怀瑾先生的话，用作结语，因为骨子里我是真的喜欢诗酒田园。

后记

挥手总难道别

好几年前，著名版画家应天齐先生送我一幅水墨画，末了还说给我写一幅字，他抽出一整张白宣铺到画案上，内容要我定。我就笑。当时刚好跟他交换了几本书，他送我画册，我送他散文集和长篇小说（《庸常岁月》与《一路走来》）。我就说："你写一句话里面含我几本小书的名字吧。"于是，他大笔一挥就写下这样一幅字："穿过庸常岁月，一路走来，步入中年天空。"现在这幅字和他的画还一直压在箱中。

其实那时"中年天空"还只是我写的一个专栏，心想，将来如果结集子就叫《中年天空》，应天齐老师说，那就一道写进去。谁知阴错阳差，这之后我几乎有十年不曾写作。原因是我觉得自己无法突破自己，总是在某一个高度重复，有些失望。刚好受一些书画圈朋友影响，开始写毛笔字，居然一发不可收拾，业余时间除了去球馆基本都游走在各种字帖里，《千字文》《阴符经》《圣教序》《兰亭序》《道德经》《张黑女碑》……读帖也是读文章，反反复复，后来也参加一些省、市书法展。功夫下多了，字也慢慢好起来，一些熟悉的朋友开始向我讨要抄写的心经。可以说，这十年里许多东西都放下了，唯有写毛笔字坚持着，哪怕出差都习惯带一张水写布，歇息下来在宾馆不甚亮堂的房间，临上几行，这仿佛成了一种仪式，让自己心静下来的仪式。只此一点，也便深深感谢书法。

然而一个人儿时种下的文学情结，挥手总难道别。这十年里我偶尔还要写一些短文，有时是约稿难辞，有时是情不自禁。2014年芜湖市作协组织安徽省南北散文对抗赛，我也是作协主席团成员，义不容辞。本书压轴之篇就是那次征文稿，从安徽省作家800多篇入围散文作品中，最后进入前20名提名，并编辑出书。这多少也重新给我些信心，尤其是我发现自己还是爱看书，爱读小说、诗歌，就决定归队，就算平庸也罢，跳广场舞的大妈未必都有舞蹈家的才和舞蹈家的梦，暮色里每每经过她们，跳得赏心悦目的也少，但每个人都跳得自由、快乐，有感染力。写点文章，不必有太多的使命感，不必为难自己，刻意竖一根标杆什么的。于是开始撰写一本关于宣纸的书稿，是某家出版社的选题之一，眼下差不多写了近十万字，相信它会出版的。同时，我开始整理自己的一些散文随笔，多半发表过，将它们结成七辑，取名《浮光碎影伴流年》。之所以没有按原计划叫《中年天空》，一是考虑书名中的"中年"具有特指性、排他性，不利于吸引更多年龄段的读者；二是感觉叫《浮光碎影伴流年》似乎也更切合书稿内容。只是下回见到应天齐先生，恐怕要麻烦他重写一幅了。

时过境迁，现在有些出版社编辑们，受市场影响，只做一些热的选题，比如吃呀，游呀，才女呀，乡土呀，对于自然结集的散文随笔，没有兴趣，嫌杂，主题不突出，怕没有市场。因此我在编辑这本小集子时，内心是不安甚至纠结的。其实只要是好的文字，不管什么形式都能引起阅读的欢欣，集子应该是一桌席，有不一样的菜碟，最终文字的质地才是根本。

感谢安徽师范大学出版社的编辑、编审，终于让我的书稿得以面世；感谢为本书作序的谈正衡先生，他是当下知名作家，写了很多畅销书，我俩一起共事多年，情同兄弟；也感谢我的女儿董源希为本书插图，画虽稚嫩，就读于中央美院的她，一直是我心目中的"画家"。虽然她不想以画为生，但我还是希望她一生中不要与画画离开太久太远。我永远喜欢她对着大自然写生的样子，专注、静好。

但愿《浮光碎影伴流年》面世后，能遇到一些懂它的朋友，哪怕是很少的人，也会让我欣慰良久。在我生命中，文字、文章依然是神圣的，它不仅可以支撑一个人的自尊，更能安妥一个人的心灵。